CATALOGUE

DES PIÈCES

D'ORFÈVRERIE

Grands Vidrecomes, Bas-reliefs, Statuettes, Plaques
Plats, Cafetières, Théières, Bouilloires
Vases, Corbeilles, Colliers, Ceintures, Cuillers, Coupes
Fermoirs de livres

HORLOGE D'ARGENT ENRICHIE D'ÉMAUX PEINTS

Vidrecomes d'ivoire montés en argent

MONTRES, BIJOUX, BOÎTES, PETITS ÉMAUX SUR OR

Bois sculptés, Verrerie, Objets d'art, Curiosités
Livres, Médailles

PORCELAINES DE CHINE ET DU JAPON
Faiences de Delft

TAPISSERIES ANCIENNES
Armoiries et verdures
Belle Tenture en soie brodée, application et velours

DONT LA VENTE AURA LIEU

HOTEL DROUOT, SALLE N° 8

Les Mercredi 24 et Jeudi 25 Février 1886

A DEUX HEURES PRÉCISES

Par le Ministère de Me Paul CHEVALLIER, commissaire-priseur
10, rue de la Grange-Batelière, 10

Assisté de M. Charles MANNHEIM, expert
7, rue Saint-Georges, 7

Exposition publique : Le Mardi 23 Février 1886
DE 1 HEURE A 5 HEURES

IMPRIMERIE DE L'ART

CATALOGUE

DES PIÈCES

D'ORFÈVRERIE

Grands Vidrecomes, Bas-reliefs, Statuettes, Plaques
Plats, Cafetières, Théières, Bouilloires
Vases, Corbeilles, Colliers, Ceintures, Cuillers, Coupes
Fermoirs de livres

HORLOGE D'ARGENT ENRICHIE D'ÉMAUX PEINTS

Vidrecomes d'ivoire montés en argent

MONTRES, BIJOUX, BOÎTES, PETITS ÉMAUX SUR OR

Bois sculptés, Verrerie, Objets d'art, Curiosités
Livres, Médailles

PORCELAINES DE CHINE ET DU JAPON
Faiences de Delft

TAPISSERIES ANCIENNES
Armoiries et verdures
Belle Tenture en soie brodée, application et velours

DONT LA VENTE AURA LIEU

HOTEL DROUOT, SALLE N° **8**

Les Mercredi 24 et Jeudi 25 Février 1886

A DEUX HEURES PRÉCISES

Par le Ministère de Me PAUL CHEVALLIER, commissaire-priseur
10, rue de la Grange-Batelière, 10

Assisté de M. CHARLES MANNHEIM, expert
7, rue Saint-Georges, 7

EXPOSITION PUBLIQUE : Le Mardi 23 Février 1886

DE 1 HEURE A 5 HEURES

CONDITIONS DE LA VENTE

Elle sera faite au comptant.

Les acquéreurs payeront *cinq pour cent* en plus des prix d'adjudication.

L'exposition mettant le public à même de se rendre compte de l'état des objets, aucune réclamation ne sera admise une fois l'adjudication prononcée.

Paris. — Imp. de l'Art. E. Ménard et J. Augry
41, rue de la Victoire, 41

DÉSIGNATION DES OBJETS

ORFÈVRERIE

1 — Belle horloge en argent, ayant la forme d'une tour carrée à plusieurs étages, flanquée aux angles de colonnettes surmontées de figurines de guerriers et enrichie sur les quatre faces de peintures sur émail, représentant des scènes mythologiques, de têtes d'animaux en ronde bosse, d'ornements ajourés et émaillés en couleur. Au deuxième étage sont adaptés quatre cadrans émaillés. La partie supérieure de l'édifice est en forme de flèche à figurines abritées sous des niches ; sur la flèche se dresse une statuette de Cupidon. Le socle quadrangulaire s'appuie sur quatre têtes d'animaux chimériques.

Haut., 55 cent.

2 — Grand vidrecome en argent repoussé, ciselé et doré, d'une riche ornementation dans le style de la Renaissance, consistant en nombreux car-

touches qui représentent, en bas-reliefs, des combats de cavaliers, des scènes historiques et des portraits de souverains. Les cartouches sont encadrés d'entrelacs et de rinceaux feuillagés. La coupe est supportée par une statuette d'Atlas, debout sur un socle godronné qui s'élève au centre du pied du vase ; le couvercle est surmonté d'une figurine de femme tenant un verre.

Hauteur totale, 65 cent.

3 — Grand vidrecome, doublé d'une plaque extérieure à motifs découpés à jour. Le calice, le couvercle et le pied présentent des médaillons ovales à figures symboliques des éléments et des sciences. Ces médaillons sont encadrés de cariatides, de guirlandes de fruits, d'oiseaux et de rinceaux. La tige du pied, cylindrique et à nœud médian, est ajourée et ornée de têtes d'enfants en relief. Travail du XVIIe siècle. Sur le couvercle est une figurine en argent, rapportée, et d'un travail postérieur à celui du vase.

Haut., 50 cent.

4 — Grand vidrecome en forme de calice piriforme en argent repoussé et ciselé, à riche ornementation de style Louis XV, se composant de médaillons à sujets historiques et à portraits, à figures mythologiques, de cartels à trophées d'armes et à écusson armorié, avec encadrements de rin-

ceaux mouvementés et de feuillages. Le calice est supporté par une statuette d'Hébé ; un fruit forme le bouton du couvercle.

Haut., 56 cent.

5 — Vidrecome en forme de calice couvert en vermeil, repoussé et délicatement ciselé, à décor de fleurs et de rocailles en relief. Le couvercle, dont le bord est ceint d'une guirlande de lierre rapportée, est surmonté d'un faucon encapuchonné, les ailes éployées.

Haut., 39 cent.

6 — Vidrecome à anse et couvercle en argent fondu et ciselé, décoré au pourtour de trois médaillons ovales représentant en bas-relief des scènes tirées de la mythologie et d'un quatrième médaillon, celui-ci placé sous l'anse, offrant deux figurines d'enfants Bacchus au milieu d'arabesques. Ces médaillons sont encadrés de mascarons, de cariatides d'enfants supportant des corbeilles et de rinceaux fleuris. La moulure qui forme la base du vidrecome est décorée d'une frise d'arabesques coupée par quatre petits médaillons à sujets. Le couvercle, d'un décor analogue, est surmonté d'une figurine d'enfant assis et sur la charnière est une tête de satyre en ronde bosse. Travail allemand du XVIIe siècle.

Haut., 30 cent.

7 — Vidrecome à pied en argent, décoré d'ornements et de feuillages en relief; le pourtour du calice offre un médaillon représentant une bataille, un groupe d'enfants et deux mascarons chimériques. Le couvercle à fort bouton est orné de rinceaux et de fleurs et surmonté d'une figurine d'Hercule armé de la massue.

Haut., 37 cent.

8 — Vidrecome en argent repoussé et doré en partie, de forme élégante et d'une belle ornementation empruntée à la Renaissance, et consistant en médaillons à divinités de la Fable, Minerve et Junon, en mascarons, en bandes de rinceaux et de godrons, etc. La tige en forme de balustre est accotée, en haut et en bas, de huit petites anses détachées et contournées; le couvercle est surmonté d'une figurine de Cupidon.

Haut., 42 cent.

9 — Grand vidrecome en forme de ciboire, en argent repoussé à décor de bouquets de fleurs, de rinceaux feuillagés et de rocailles; le calice est doré et le couvercle surmonté de trois couronnes fleuronnées, superposées; la troisième fermée et supportant une boule crucifère.

Haut., 58 cent.

10 — Bas-relief d'argent rectangulaire et en hauteur, représentant la Vierge assise sur un trône, tenant

l'Enfant Jésus et entourée de saints; style Renaissance. Cadre noir.

11 — Plaque rectangulaire d'argent repoussé et représentant en haut-relief le sujet des adieux d'Antoine à Cléopâtre. Travail allemand du XVIIe siècle.

12 — Plaque d'argent offrant en bas-relief le sujet de l'incrédulité de saint Thomas. Cadre Louis XIII en bois noir.

13 — Plaque en argent gravé d'après un tableau de Kobell et représentant un artiste dessinant des vaches.

14 — Deux statuettes d'apôtres, en argent fondu et ciselé. Orfèvrerie allemande du XVIIe siècle.

Haut. 20 et 19 cent.

15 — Miroir ovale à cadre en argent repoussé, décoré d'une bande chargée d'arabesques et circonscrite par deux cordons de perles.

16 — Plat circulaire en argent repoussé et ciselé. Au fond, un médaillon représentant Ruth et Booz, surmonté d'une couronne et encadré d'arabesques. A la chute, un rang de cannelures. Au marli, une bande de fleurs et de rinceaux cir-

conscrite près du bord par un double cordon de perles.

Diam., 37 cent.

17 — Plateau circulaire, à bord ondulé, garni de deux petites anses formées d'une tête de bélier à cornes entre-croisées. Il est décoré, au repoussé, de fruits et de rinceaux encadrant deux scènes bibliques : Loth et ses filles, Suzanne et les vieillards. Il est monté sur quatre boules.

Diam., 24 cent.

18 — Plat ovale à bord convexe, en argent repoussé, à décor de feuillages symétriques, entourant un médaillon en bas-relief représentant une halte de chasseurs.

Long., 52 cent.

19 — Collier en argent ciselé et doré, composé d'une plaque de fermoir losangée, et de huit plaquettes alternant avec des montants à figures de saints, reliés par des anneaux. Les plaquettes ajourées représentent un vase soutenu par des sirènes et la plaque du fermoir est décorée de l'aigle de l'empire d'Allemagne et d'un écusson au chiffre *M. S.*

20 — Bonbonnière ovale en argent repoussé, décorée au pourtour d'une frise d'arabesques, sur le couvercle, d'un sujet symbolique de la fidélité (Phi-

lémon et Baucis), et, sur le côté opposé, d'un sujet allégorique de l'Amour (Jupiter et Antiope).

21 — Grande cafetière en argent gravé et ciselé, de l'Empire, à corps semi-ovoïde monté sur un trépied à mufles et griffes de lion. Elle est décorée de palmettes et le déversoir est formé d'une tête d'aigle.

Haut., 40 cent.

22 — Gobelet couvert et à pied, en forme de calice, en argent ciselé et doré. Il est à double paroi : l'une interne, unie; l'autre externe, complètement ajourée et décorée de cariatides, de mascarons et de rinceaux formant l'encadrement de médaillons ovales qui représentent des divinités de la Fable, conduisant des quadriges. Le calice est supporté par une figurine d'enfant, appuyé sur un gouvernail et debout sur un demi-globe terrestre portant les mots : *Rome*, *Italie*.

Haut., 19 cent.

23 — Deux théières en argent repoussé, à couvercles dômés, à anses contournées et surmontées d'une tête d'enfant en ronde bosse et à goulot terminé par une tête de dragon. Elles sont décorées de zones à motifs de feuillages, de rinceaux et d'oiseaux, en relief sur amati.

24 — Deux bouilloires à anses surélevées et à goulot

terminé par une tête de dragon ; elles sont décorées de zones à fleurs arabesques et rinceaux et de rangées de godrons. Le couvercle est surmonté d'un triton soufflant dans une conque.

25 — Bouilloire en argent repoussé et d'un décor analogue à celui des précédentes ; la panse offre des cartels chargés de coquilles et de glands.

26 — Bouilloire en argent repoussé ciselé et à anse surélevée ; elle est décorée de feuillages, d'imbrications et de godrons ; une figurine d'amour surmonte le couvercle ; le goulot est formé d'une cariatide tenant une corne d'abondance.

27 — Théière d'argent ayant la forme d'un château Louis XIII carré en briques avec chaînes de pierres, à trois étages et à toiture sur laquelle se dresse un tuyau de cheminée soutenu par deux enfants à genoux. Le goulot se termine par une tête de dragon et l'anse est faite d'un double cep de vigne.

28 — Théière ovoïde en argent repoussé et ciselé, montée sur trois pieds à mufles de lion et serres d'aigle tenant une boule. Elle est décorée de coquilles, de rosaces, de fleurons et de rinceaux en relief ; anse à cariatide ; goulot se terminant en tête d'oiseau.

29 — Coupe ovale, à piédouche et à deux anses con-

tournées se terminant en têtes de dragon. Elle est à bossages et offre un double écusson gravé portant les initiales T. G. I. XVIIe siècle.

30 — Coupe octogone, à oreilles horizontales et à piédouche, en argent repoussé et ciselé à décor de fleurs et de feuilles en relief avec deux écussons armoriés.

31 — Coupe octogone, à oreilles ciselées et ajourées, le pourtour est gravé et chaque pan offre un cartel à figure, l'un d'eux contient un double écu portant les initiales H. G. T. I. Travail allemand du XVIIe siècle.

32 — Coupe octogone à oreilles ciselées et ajourées; les pans sont gravés et représentent les évangélistes, des sujets tirés de l'Ancien Testament et deux armoiries. Travail allemand du XVIIe siècle.

33 — Coupe ovale, à couvercle et à oreilles ajourées, en argent repoussé, ciselé, à décor de fleurs et de feuillage en relief. Une rose forme le bouton du couvercle.

34 — Coupe ovale, à piédouche et à oreilles composées de figures d'amours soutenant un vase de fruits. Elle est décorée de cigognes et de fleurs, de feuilles et de dais en relief.

35 — Coupe ovale, lobée, à oreilles plates, composées de groupes d'enfants s'enlaçant dans un buisson de fleurs. Le pourtour est décoré de sept médaillons gravés représentant des scènes champêtres et d'un huitième médaillon contenant deux blasons accolés. Sous le pied se voient des initiales et la date 1730.

36 — Flacon à thé, de plan rectangulaire, monté sur quatre boules, en argent repoussé et ciselé, offrant sur les deux faces des médaillons circulaires à sujets mythologiques en bas-relief, cantonnés de quatre fleurons. La capsule, formant couvercle, est décorée de feuillages. Orfèvrerie allemande du XVIIIe siècle.

37 — Flacon à thé, de même forme que le précédent, décoré de sujets à figures, gravés et encadrés d'une guirlande de fleurs et de fruits en relief. Il porte les initiales *A. W. K.*, et la date *1729*.

38 — Chope couverte à huit pans et à pied circulaire, en argent repoussé et ciselé à festons de feuillage ondulant autour d'oiseaux et de figurines d'enfants. Au-dessus du pied est une ceinture de brindilles emmêlées et le couvercle est surmonté d'une figurine de chevalier tenant un vidrecome.

39 — Théière en argent ciselé, gravé et doré, en forme de potiche, à riche décor de lambrequins

chargés d'entrelacs. Le couvercle monté à charnière est orné de mascarons et de feuilles ciselés en relief. Deux autres mascarons de haut-relief surmontés d'un anneau sont placés à l'épaulement du vase en manière d'anses et le goulot est formé d'une cariatide de femme couronnée de fleurs, engainée et soufflant dans une conque.

40 — Boîte à thé en argent repoussé, offrant sur les deux faces principales deux bas-reliefs représentant deux scènes de l'histoire de Moïse, avec encadrements de rinceaux et d'ornements Louis XIV. Elle est montée sur quatre boules.

41 — Boîte à thé du temps de Louis XV, en argent repoussé, à angles surmontés de panaches et à fleurette sur le couvercle. Au pourtour se voient les quatre Évangélistes, l'Adoration des bergers, l'offrande des rois mages, etc.

42 — Deux cassolettes à parfums, en forme de vases godronnés, remplis de fleurs et munis d'anses surmontées d'oiseaux et reliées par des guirlandes. Ces vases reposent sur des piédestaux à moulures supportés par un socle à larges feuilles d'acanthe.

43 — Vase à deux anses contournées en S et à piédouche reposant sur une plinthe carrée, portée par des griffes de lion. Il est décoré de médaillons à figures encadrés de feuillages et de mas-

carons. Le couvercle est surmonté d'une figurine d'ange, s'appuyant sur un écusson gravé où se voient les initiales S. T. C., et la date 1772.

44 — Verre à pied, en forme de calice, en argent gravé et offrant au pourtour la représentation de deux sujets bibliques. La tige est flanquée de quatre petites consoles.

45 — Coffret rectangulaire en argent filigrané, à décor d'arabesques. Poignées et clef dorées.

46 — Deux gobelets en vermeil décorés d'un revêtement de palmettes et d'ornements en filigrane d'argent.

47 — Deux autres avec revêtement en filigrane d'argent à petites rosaces en relief.

48 — Coffret rectangulaire à couvercle arrondi et muni d'une poignée ; il est décoré de bas-reliefs placés sous des arceaux à colonnettes, représentant des sujets tirés du Nouveau Testament. Des cariatides sont adossées aux angles et les pieds sont formés de têtes de chérubins.

49 — Petit coffret rectangulaire à couvercle cintré et muni d'une poignée en argent gravé à décor de médaillons à figures. Sous le coffret se lit une inscription et la date 1736.

50 — Petite corbeille à anse surélevée, en filigrane d'argent.

51 — Coupe ovale à piédouche et à oreilles plates ajourées et composées de mascarons accostés de cariatides. Elle est décorée de cartels à couronnes et de motifs à feuillages reliés par des guirlandes et des cordelières.

52 — Tasse et soucoupe en vermeil, décorées d'une bande gravée représentant un autel trépied accosté de cygnes.

53 — Coffret ovale en argent repoussé et ciselé ; le pourtour représente, en bas-relief, une scène de buveurs d'après Teniers. Le couvercle offre, en haut-relief, un intérieur de tabagie. En haut et en bas, des cordons de perles.

54 — Fermoir d'escarcelle en argent ciselé à feuillage et surmonté d'une bélière suspendue à une agrafe à plaque ornée d'un oiseau repoussé en relief.

55 — Châtelaine en argent, décorée de cinq cartouches superposés représentant des scènes enfantines.

56 — Trois crochets de ceinture, en argent, de décors variés.

57 — Quatorze boutons octogones en argent gravé à écussons armoriés.

58 — Deux pendants de châtelaine à chaînettes, plaquettes ornées, cachets et clef de montre.

59 — Deux cuillers à saupoudrer le sucre, en argent filigrané.

60 — Treize cuillers en argent; le cuilleron, presque circulaire, présente des figures en relief sur sa face externe. La moitié du manche est ciselée et décorée d'oiseaux et de fleurs; l'autre moitié est tordue en spirale et se termine par un chérubin surmonté d'une figurine de la Vierge.

61 — Deux cuillers à saupoudrer le sucre, à manches courbés et cuillerons ajourés en forme de nacelles.

62 — Deux couverts complets, cuillers, fourchettes et couteaux en argent doré en partie. Les manches tors se terminent par une figurine d'ange agenouillé.

63 — Deux manches de couteaux quadrangulaires, en argent gravé et décoré des figures théologales; l'extrémité des manches est échancrée en manière de fleurs de lis et se termine par un petit balustre. XVIIe siècle.

64 — Petite corbeille ovale à anse surélevée, à décor de roses en argent estampé; la corbeille est fixée à l'anse à l'aide de petites chaînettes.

65 — Corbeille ovale à pourtour ajouré et à anse surélevée.

66 — Quatre cuillers-fourchettes à manches pliants dans lesquels se vissent des cure-dents terminés par des perroquets. Les cuillerons, munis extérieurement de trois petits crampons dans lesquels s'introduisent les dents des fourchettes, portent des dates et des incriptions.

67 — Cuiller à manche terminé par une cariatide hermès, et six fourchettes d'un décor analogue.

68 — Deux manches de couteaux en argent, formés d'une figurine d'homme jouant de la cornemuse.

69 — Trois autres figurines de femmes frappant sur le *Rommelpot.*

70 — Huit manches de couteaux en argent, formés d'un lion héraldique appuyé sur un écusson.

71 — Garniture de livre, deux fermoirs et quatre écoinçons en argent ciselé, à décor de mascarons et de feuillages enroulés.

72 — Deux fermoirs d'un livre (quatre pièces) en argent ciselé à médaillons ovales contenant des figures avec encadrements de moulures et de feuillages.

73 — Deux autres (quatre pièces) d'ornementation analogue.

74 — Deux petites appliques de mur composées d'une plaque ovale garnie de trois bras porte-lumières, qui sont ornés de têtes de béliers et de mufles de lions. La plaque représente Minerve dans un médaillon encadré de mufles de lions, d'oiseaux, de fruits et d'une tête d'enfant ailé. Ce médaillon est couronné d'une frise où se voient Vénus et Junon, assises sur des cornes d'abondance.

75 — Fermoir de livre (quatre pièces) à figures et ornements du XVIIe siècle.

76 — Couteau et fourchette dans un étui en argent filigrané et orné de têtes de clous.

77 — Pince à sucre en argent filigrané.

78 — Étui à aiguilles en argent, décoré de bandes à rinceaux et coquille; l'extrémité formant cachet porte le nom M. P. Boom A° 1765.

79 — Brosse à dos ovale revêtu d'une plaque d'argent repoussé à sujet allégorique avec bordure formée de boucles fleuronnées.

80 — Ceinture en argent filigrané et en partie doré, composée d'éléments carrés et oblongs, alternés,

avec nœud sur l'agrafe et doubles pendants attachés à une rosace sur le côté.

81 — Petits objets d'étagère en argent, de travail hollandais : deux rouets, un traîneau attelé, deux canons, une grille de cheminée, deux presses d'imprimeur, deux boîtes, agrafe de manteau à médaillons bustes. (Ce lot sera divisé.)

82 — Christ en argent.

83 — Salière Empire.

84 — Cuiller à saupoudrer le sucre et une fourchette.

85 — Croix en cuivre argenté et couverte de saints personnages en bas-relief.

IVOIRES

86 — Grand vidrecome en ivoire avec monture en argent repoussé, ciselé et en partie doré. Le pourtour, sculpté en bas-relief, représente des cavaliers costumés à l'antique, chassant un hippopotame et un crocodile. Le pied du vase et le couvercle d'argent sont décorés de mascarons et de guirlandes de fruits, repoussés et ciselés. L'anse, formée de deux rinceaux superposés, est surmontée d'une tête d'homme barbu. Au milieu

du couvercle est un groupe d'ivoire en ronde bosse : cavalier montant un cheval qui piaffe, levant son cimeterre et foulant aux pieds un ennemi terrassé.

Haut., 42 cent.

87 — Vidrecome en ivoire sculpté avec monture, couvercle, anse et base en argent ciselé et plaque intérieure en vermeil. Le pourtour du vase, sculpté en haut-relief, représente une kermesse flamande avec foule de personnages : cavaliers, seigneurs, villageois, en costume du temps de Louis XIII. Un artichaut forme le bouton du couvercle qui est décoré, ainsi que la base, de fleurs et de feuilles ciselées en relief; l'anse faite d'une superposition de rinceaux est surmontée d'une tête de griffon.

Haut., 32 cent.

88 — Vidrecome en ivoire sculpté, avec monture (anse, couvercle et base) en argent ciselé et intérieur en vermeil. Le pourtour du vase, sculpté en bas-relief, représente une Chasse au cerf. La monture, de style Renaissance, est décorée de rinceaux et de têtes chimériques ciselés en relief; la graine formant le bouton du couvercle s'appuie sur trois supports contournés à têtes de dragons.

Haut., 29 cent.

89 — Olifant en ivoire sculpté en bas-relief et repré-

sentant un cavalier en costume Louis XV, chassant le cerf au lasso. L'extrémité supérieure de cet olifant figure une tête de lévrier.

Long., 60 cent.

90 — Petit gobelet en ivoire sculpté en bas-relief et à pourtour représentant une chasse au lion.

91 — Boîte rectangulaire en ivoire sculpté simulant un panier rempli de fleurs.

92 — Deux médaillons ovales : portraits d'un prince et d'une princesse, en regard; bustes en bas-relief dans des cadres en ébène.

MONTRES

93 — Grosse montre d'or à double boîtier, ciselée et ajourée et décorée, extérieurement, d'un sujet d'après Le Brun, exécuté au repoussé : la Famille de Darius aux pieds d'Alexandre. Les aiguilles sont enrichies de roses. Fabrication des frères Haakma, à Leuwarde. Époque Louis XV.

94 — Montre d'or de Rivers et fils, à Londres, avec double boîtier repoussé, à sujet biblique et rocailles en relief.

95 — Montre de style Louis XIII, en cristal de roche

taillé à facettes, à cadran émaillé et peinture sur émail : Femme jouant de la flûte. Monture en argent gravé et doré.

96 — Montre d'or de Wikelman, à Londres, avec double boîtier en or repoussé, représentant Vertumne et Pomone dans un encadrement de rocailles; le tout dans un étui de galuchat.

97 — Montre d'or, à répétition et à mouvement visible, de Breguet.

98 — Montre d'or, ornée sur le fond d'une peinture sur émail et enrichie d'entourages en demi-perles. Cadran au nom de Breguet, à Paris.

99 — Montre d'or, de Breguet, à Paris, à cordons de feuilles ciselés, et boîte peinte sur émail et représentant une jeune fille avec l'Amour.

100 — Montre Louis XVI en cuivre doré, de Romilly, à Paris, ornée, sur la boîte, d'une peinture sur émail et de guirlandes en argent rapportées et enrichie de deux entourages de strass. Double boîtier en écaille.

101 — Montre d'argent Louis XV, à cadran émaillé, double boîtier à figures et rinceaux repoussés en relief, le tout dans un étui décoré d'une peinture : Minerve.

102 — Montre d'argent, des frères Esquivillon et De Choudens, à cadran guilloché et émaillé bleu. Le fond de la boîte est orné d'une très jolie peinture sur émail, représentant la Sainte Famille.

103 — Montre d'argent à double boîtier, à décor de rinceaux gravés et ajourés. Fabrication de P. van Bree, à Dordrecht. xviiie siècle.

104 — Montre d'argent à ornements gravés et pourtour ajouré, de Wiedeman, à Stockholm. Double boîtier en argent.

105 — Montre d'argent à sonnerie et à cadran émaillé bleu et décoré de deux figures-appliques frappant sur des cloches.

BIJOUX

106 — Médaillon ovale à deux faces, formé d'un cadre en argent émaillé, dans lequel sont serties deux plaquettes de cristal de roche taillées à facettes et recouvrant un groupe de ronde bosse émaillé en couleurs : la Fuite en Égypte.

107 — Bijou-pendentif représentant Saint Georges terrassant le dragon, en argent ciselé, émaillé et enrichi de pierreries et de perles. Style Renaissance.

108 — Bijou-pendentif de style Renaissance, en argent repercé à jour, doré, émaillé et enrichi de perles et de pierres de couleur; au milieu du bijou, plusieurs figurines représentant le tir à l'arbalète.

109 — Joli flacon à odeurs, de cristal opalin, revêtu d'une enveloppe d'or ajouré, à enroulements et feuillages, entremêlés de guirlandes, d'oiseaux et de singes, rehaussés d'émaux translucides. Le bouchon du flacon, en or ciselé, est surmonté d'un cygne, les ailes éployées.

110 — Étui en agate avec monture en or.

111 — Flacon en porcelaine décorée d'une scène galante : la Marchande de fleurs; monture en vermeil.

112 — Plaque circulaire en or émaillé en plein et représentant un jeune seigneur et une dame revêtus de costumes Louis XIII.

113 — Autre plaque d'or émaillé : l'Amour lançant une flèche.

114 — Plaque ovale en or émaillé : Femme prenant un vase d'or que lui présente un nègre.

115 — Petit émail carré représentant un Pope, dans un cadre en cuivre doré.

116 — Deux petits émaux ovales : la Vierge avec l'Enfant, et deux Jeunes Filles lisant.

117 — Plaque ovale de collier, en or ciselé, à rinceaux et coquille encadrant un chiffre appliqué sur paillon rouge et recouvert d'une glace.

118 — Bague marquise avec chaton d'émail bleu enrichi de roses.

119 — Trois bagues (anneaux), deux en or ciselé, la troisième en argent doré.

120 — Deux bagues d'or, l'une à chaton formant cachet, l'autre ornée d'une intaille sur cornaline.

121 — Collier composé de plaquettes ovales, à bords lobés, en or filigrané et orné de pierres bleues.

122 — Trois petites clefs de montre et trois cachets-breloques en or, ornés d'améthystes et passés dans un anneau.

123 — Flacon-breloque en cristal de roche taillé, avec bouchon en or.

124 — Deux breloques : petite boîte en nacre montée or, et petit étui « souvenir d'amitié » en cuivre doré et argenté.

125 — Crochet de ceinture avec anneaux en or et étui à aiguille en écaille.

126 — Bague d'or à chaton ovale orné d'une miniature : Jeune Femme tenant un médaillon où on lit : Souvenir.

127 — Deux sceaux en argent.

MÉDAILLES

128 — Médaille d'or : profils conjugués de Jean et Corneille de Witt. Revers à inscription.

129 — La même, en argent.

130 — Médaille d'or : Henri, prince de Nassau.

131 — Plusieurs grandes médailles d'argent, frappées à l'occasion de mariages, médaille représentant Calvin, monnaies électorales, etc. (Ce numéro sera divisé.)

ÉVENTAILS

132 — Éventail d'ivoire décoré au vernis dit de Martin et représentant l'Enlèvement d'Europe.

133 — Petit éventail d'ivoire décoré au vernis dit de Martin : d'un côté, une scène de la comédie italienne ; de l'autre, un paysage.

134 — Trois petits éventails d'ivoire décorés au vernis dit de Martin.

135 — Éventail à monture d'ivoire ajouré, à rehauts d'or et de couleurs sur fond brun ; la feuille représente Léda au bain.

136 — Éventail à monture d'ivoire ajouré, incrustée de nacre et rehaussée d'or et de couleurs; feuille à sujet pastoral.

137 — Éventail à monture d'ivoire ajouré et rehaussée d'or ; la feuille représente Joseph vendu par ses frères.

138 — Éventail à monture d'ivoire peinte à figures chinoises et rehauts d'or ; la feuille représente la Collation champêtre.

139 à 141 — Cinq éventails Louis XV à montures d'ivoire et un petit éventail en écaille blonde.

BOITES — TABATIÈRES

142 — Coffret rectangulaire en écaille garni d'appliques, d'écoinçons ajourés et de têtes de clous en argent.

143 — Tabatière rectangulaire et plate en or ciselé, à décor de vases, d'arabesques et de draperies, en relief sur amati.

144 — Bonbonnière ovale en porcelaine de Saxe, finement décorée à médaillons représentant des paysages avec groupes de personnages en costume Louis XV, et motifs d'encadrement à imbrications couleur carmin. — Monture en cuivre doré.

145 — Autre boîte en porcelaine à décor de figures, avec monture en argent.

146-147 — Quatre boîtes, une rectangulaire, une ronde, deux ovales, en émail de Saxe, de décors variés.

148 — Boîte ovale en écaille, montée en argent et à couvercle en bois sculpté en bas-relief et représentant Léda et le Cygne.

149 — Boîte en bois sculpté ayant la forme d'une tête de boule-dogue ; couvercle plat en écaille.

150 — Boîte circulaire en écaille incrustée d'or et d'argent et offrant sur le couvercle un médaillon : Persée vainqueur du dragon, dans une bordure d'arabesques. Monture en argent.

151 — Boîte ovale en écaille brune, décorée de fes-

tons de fleurs en incrutations d'or et d'argent, et ornée d'une peinture sur émail, bouquet de fleurs.

152 — Étui-nécessaire en émail de Saxe, décoré de sujets galants encadrés de rocailles en dorure et contenant divers ustensiles tels que : ciseaux, compas, couteau, etc.

153 — Boîte sphéroïdale, à côtes, en émail de Chine à décor de festons de fleurs sur fond bleu.

154 — Étui à pans, à deux compartiments, en nacre, à décor de fleurs en applications d'argent.

155 — Boîte oblongue en cuivre gravé, à décor d'arabesques et de figures mythologiques. XVIIIe siècle.

156 — Autre de même époque, en cuivre gravé, offrant, sur le fond et le couvercle, des sujets de l'histoire de Noé et des devises.

157 — Boîte en cuivre frappé offrant sur le couvercle un portrait en pied de Frédéric le Grand, avec la signature de l'auteur.

158 — Autre en cuivre gravé avec les portraits des princes de la maison d'Orange et les armes des sept Provinces unies.

159 — Autre, en cuivre, recouverte d'une peau de serpent, fermoir et charnière en argent.

160 — Boîte ovoïde, formée d'une noix de coco sculptée à jour.

OBJETS DE VITRINE

CURIOSITÉS

161 — Vase ovoïde, à couvercle et à pied, formé d'une noix de coco sculptée et d'une monture en argent ciselé et doré. La noix présente au pourtour trois bas-reliefs représentant le Sacrifice d'Abraham, le Serpent d'airain et le Calvaire. La monture de vermeil consiste en un pied orné de feuilles d'acanthe et de denticule, avec tige flanquée de consoles et de coquilles, supportant le culot. Celui-ci se relie à la gorge par trois montants ciselés à feuillages et portant des médaillons à portraits. Le couvercle, décoré d'une ceinture de cartouches ovales et de feuilles d'acanthe, est surmonté d'une figurine de guerrier appuyé sur un bouclier et armé d'une pique.

162 — Deux miniatures rectangulaires : le Christ et la Vierge, dans des cadres en bois noir à feuillure de cuivre ciselé et doré à palmettes,

163 — Miniature : portrait d'homme, dans un cadre pareil aux précédents.

164 — Sept miniatures, une peinture à l'huile portrait et quatre gravures coloriées.

165 — Châtelaine Louis XV, en cuivre doré à figures et rocailles.

166 — Fermoir d'escarcelle à figures, oiseaux et rocailles en cuivre doré.

167 — Deux étuis à aiguilles, en cuivre ciselé et doré.

168 — Couteau et fourchette d'enfant, à manches d'écaille incrustés d'argent avec gaine en galuchat garnie d'argent.

169 — Couteau à manche en bois à pans incrustés d'ornements de nacre.

170 — Couteau et fourchette à manches d'agate dans une gaine en galuchat garni d'argent.

171 — Couteau et fourchette à manches de nacre dans une gaine de galuchat garni d'argent.

172 — Couteau et fourchettes à manches de porcelaine de Saxe, émaillée turquoise avec armoiries.

173 — Trois couteaux et trois fourchettes en porcelaine de Saxe, décorés de scènes galantes et d'imbrications roses.

174 — Trois gaines à couteaux en cuir ouvragé.

175 — Couteau et fourchette à manches d'agate et une gaine en galuchat garnie d'argent.

176 — Deux fourchettes d'argent, l'une à manche incrusté d'argent, l'autre à manche en ambre.

177 — Couteau à manche de bois sculpté, formé d'un groupe, statuette allégorique de la Charité : femme debout environnée de douze petits enfants.

178 — Gaine de couteau en buis sculpté à quatre faces, décorées de sujets tirés de l'Ancien et du Nouveau Testament et de figures d'apôtres; elle porte les initiales A. W. et la date 1572.

179 — Gaine en buis sculpté entièrement couverte de petits compartiments en bas-relief contenant une centaine de personnages; au milieu de l'étui se trouvent deux bandes à inscriptions. Une garniture en argent a transformé cette pièce en porte-aiguilles.

180 — Gaine de couteau en buis sculpté, décorée de petits bas-reliefs sujets bibliques et de deux inscriptions.

181 — Crucifix reliquaire en bois sculpté; le Christ

est surmonté d'un groupe sculpté en haut-relief à l'extrémité supérieure de la croix : Dieu le père et le Saint-Esprit. La Vierge est adossée au pied de la croix.

182 — Petit trépied à réchaud en émail de la Chine à décor de fleurs sur fond blanc.

183 — Lanterne en émail moderne à décor de figures et d'armoiries.

184 — Bas-relief en albâtre sculpté : le Jugement de Salomon.

185 — Bas-relief en stéatite brune : composition allégorique.

186 — Coffret en ébène incrusté d'arabesques et de bandes en ivoire gravé.

187 — Écritoire orientale en cuivre gravé.

188 — Coffret en cristal taillé à facettes avec monture de bronze ciselé et doré de l'Empire.

189 — Sébille en écaille à deux petites anses d'argent formées de cariatides.

190 — Pions de damier et de tric-trac en bois frappé.

191 — Bassin d'aiguière en émail de la Chine.

192 — Un lot de fruits en marbre.

193 — Petite commode d'enfant surmontée d'un miroir. Époque Louis XVI.

194 — Épée Louis XVI, à poignée en cuivre ciselé et doré.

195 — Émail. Tasse en émail de Laudin à médaillon à figures et bouquets de fleurs sur fond blanc et soucoupe représentant un sujet tiré de la fable.

196 — Boîte rectangulaire en écaille sculptée à décor de paysage avec figures chinoises en bas-relief.

197 — Réchaud en étain ajouré.

198 — Petit tableau exécuté en broderies de soie de couleur et représentant un vieillard, en buste.

199 — Deux volants et un bonnet en dentelle blanche.

200 — Deux bocaux en verre incolore de Bohême à six pans gravés en creux et décorés de figures symboliques des Saisons et d'Amours cueillant des grappes de raisin.

201 — Grand verre allemand à figures, animaux et inscriptions gravés.

202 — Autre, moins grand, cannelé et gravé avec couvercle.

203 — Trois gobelets à pans décorés de figures et d'animaux en dorure.

204 — Verre à pied, couvert, à figures et filets dorés.

205 — Deux grands vases à pieds, forme calices, à ornements de verre bleu et filigranés.

206 — Six verres à pieds gravés à armoiries et ornements.

LIVRES

207 — Bible de 1680, texte allemand, rel. en chagrin avec fermoir, écoinçons et plaques armoriées en argent gravé.

208 — Tableaux des habillements, mœurs et coutumes dans les provinces septentrionales du royaume des Pays-Bas au commencement du XIXe siècle. Amsterdam, 1829. 24 planches en couleur.

209 — Plusieurs ouvrages in-f° et in-4° à figures.

PORCELAINES DE CHINE

ET DU JAPON

210 — Grosse potiche à couvercle, décorée en bleu, à motifs d'arbustes fleuris, distribués sur trois zones superposées.

211 — Grosse potiche à couvercle, de forme octogone et décorée en bleu, sur chaque pan, d'un arbuste fleuri avec bordure à rinceaux.

212 — Deux grands cornets de même décor que la potiche qui précède.

213 — Jardinière octogone, décorée en bleu à branchages fleuris.

214 — Garniture, trois potiches et deux cornets côtelés décorés en bleu de fleurs et de feuillage.

215 — Garniture, trois potiches et deux cornets décorés de buissons fleuris et d'un lambrequin orné en bleu, rouge et or.

216 à 220 — Onze bouteilles hexagones à double renflement, décorées en bleu, à figures, vases, ornements variés.

221 — Deux bouteilles, de deux dimensions, à décor de fleurs en bleu.

222 — Bouteille à corps cylindrique, à décor de lambrequin, en bleu.

223 — Canette et broc ovoïde, décor bleu à figures et paysage.

224 — Bouteille décorée en bleu ; vase et brûle-parfums.

225 — Garniture, trois potiches et deux cornets à renflements médians, décor bleu, médaillons à paysage et branches de fleurs.

226 — Deux cornets courts décorés en bleu.

227 — Deux plats décorés en émaux de couleur avec rehauts d'or; au centre, médaillon à paysage entouré de trois rosaces reliées par un cercle feuillagé, bordure à la chute et au marli.

228 — Plat creux décoré en émaux de la famille verte; au fond, médaillon de fleurs; à la chute et au marli, bandes d'ornements.

229 — Trois compotiers à fleurs et feuillages en émaux de la famille verte.

230 — Cinq compotiers décorés en bleu, rouge et or, paysages et ornements.

231 — Compotier octogone.

232 — Plat rond à large rosace et motifs de fleurs, bleu, rouge et or.

233 — Trois plats ronds et un long octogone, décorés en bleu.

234 — Plat à décor européen : l'Hyménée.

235 — Service à thé, neuf pièces en terre émaillée de la Chine, fond gris marbré à décor de cigognes en émail blanc.

236 — Deux théières en terre à ornements en relief.

237 — Six tasses et soucoupes quadrilobées à décor de branchages en relief rehaussés en couleur et en dorure.

238 — Deux théières à fleurettes en relief, rehaussées d'émaux de couleur et décorées de papillons.

239 — Deux sucriers couverts et plateaux à bords festonnés, à branchages en relief.

240 — Quatre tasses et soucoupes à médaillons de fleurs et de figures en rouge de cuivre et or.

241 — Quatre tasses et six soucoupes à fleurs et figures, en réserve sur fond doré.

242 — Buire à paroi réticulée et décorée en bleu.

243 — Deux buires à couvercles, décorées en bleu, rouge et or, kiosques et paysages.

244 — Théière sphérique à décor de fleurs en bleu, rouge et or.

245 — Deux petites théières montées sur des branchages en relief et décorées d'oiseaux et de fleurs en émaux de couleur.

246 — Deux petites théières sphériques, décorées en bleu.

247 — Théière ronde, surbaissée, à fleurs en émaux de la famille rose.

248 — Petite théière à compartiments d'oiseaux, de cerfs, de fleurs en émaux de couleur.

249 — Théière ovoïde et théière sphérique, décorées en bleu, rouge et or à vases, fleurs, oiseaux.

250 — Deux petites théières à décor de fleurs et d'insectes en émaux de couleur.

251 — Deux autres décorées en rouge de cuivre, en émail vert et dorure.

252 — Quatre bols décorés de scènes familières, séparées par des bandes à quadrillages.

253 — Cinq bols décorés en bleu, à fleurs et figures.

254 — Deux tasses et quatre soucoupes à décor de vases et ustensiles variés en bleu.

255 — Bol couvert et monté sur trois pieds, à décor bleu, rouge et or, et plateau rond, analogue de décor.

256 — Deux fromagères à bord vertical et contourné, montées sur quatre pieds; le fond, décoré en bleu, représente une tortue.

257 — Six tasses et six soucoupes à côtes et bord lobé à fleurs et bandes radiées, en émaux rouge, vert et dorure.

258 — Six tasses et leurs soucoupes à ornements transparents dits grains de riz et décor à gerbes de chrysanthèmes et papillons en bleu, rouge et or.

259 — Onze tasses et leurs soucoupes, décorées, en émaux de la famille rose, de branches fleuries.

260 — Cinq tasses et cinq soucoupes, fond bleu relevé d'or avec réserves à fleurs.

261 — Douze tasses et douze soucoupes à décor de festons de fleurs en bleu, rouge et or. Vieux Japon.

262 — Théière à branchages fleuris en relief, émaillés en couleur, et son plateau à bord festonné.

263 — Six petites tasses et six soucoupes à figures en émaux de couleur, avec bordures roses.

264 — Cinq tasses et cinq soucoupes décorées de médaillons circulaires à fleurs en émaux de la famille rose.

265 — Six tasses et six soucoupes à décor de fleurs, avec bordure contournée, en émaux de la famille rose.

266 — Douze tasses et leurs soucoupes, à médaillons de fleurs réservés sur fond doré, semé de fleurs d'aubépine.

267 — Quatre tasses et leurs soucoupes, à décor de pivoines et d'aubépines et à double bordure en émaux de la famille rose.

268 — Quatre tasses et trois soucoupes à bords lobés, décorées de corbeilles fleuries alternant avec des figures.

269 — Cinq tasses et quatre soucoupes, décorées à l'encre de Chine : Flore et Zéphire.

270 — Cinq tasses et six soucoupes en porcelaine de l'Inde, à fleurs et armoiries en émail bleu et dorure.

271 — Théière, six tasses et six soucoupes, fond bleu et bouquets en bleu et rouge relevés d'or.

272 — Cinq tasses et quatre soucoupes à fleurettes en dorure, alternant avec des motifs à marguerites en émail blanc sur fond bleu lapis.

273 — Cinq tasses et cinq soucoupes à motifs de fleurs en bleu et rouge rehaussés d'or.

274 — Six tasses et six soucoupes décorées de fleurs et de chevaux en émaux de couleur.

275 — Douze tasses et soucoupes à bord dentelé, décor bleu, rouge et or.

276 — Douze autres à fleurs et bordures, décorées en bleu.

277 — Six tasses et six soucoupes décorées de dragons en bleu, rose et jaune.

278 — Seize tasses et dix soucoupes à bord dentelé, décorées, en bleu, à figures et paysages.

279 — Onze tasses et onze soucoupes décorées de scènes familières en émaux de couleur.

280 — Théière, pot à crème, flacon à thé, deux plateaux hexagones, un bol couvert, un grand bol, dix-neuf tasses et quatorze soucoupes à sujet familier en émaux de couleur, avec bordures de rinceaux dorés.

281 — Six tasses et cinq soucoupes de décor analogue au lot qui précède.

282 — Six tasses et six soucoupes à couverte d'émail brun, décorées de fleurs et de festons de feuillages intaillés dans la pâte ; l'intérieur est décoré d'ornements en bleu.

283 — Quatre tasses et cinq soucoupes décorées en bleu, rouge et or.

284 — Six bols variés, décorés en émaux de couleur avec rehauts d'or.

285 — Deux autres à pans, décorés, en bleu, d'arbustes et de bandes à treillis.

286 — Trois petits bols à bord festonné, décorés de tiges de fleurs en bleu, rouge et or.

287 — Dix-huit tasses et soucoupes à décor de fleurs encadrées de filets radiés en bleu sur blanc.

288 — Douze tasses, couvercles et soucoupes de

forme hexagone, décorés de fleurs, d'oiseaux et d'insectes en émaux de couleur, avec encadrements de filets en bleu.

289 — Six tasses et cinq soucoupes octogones, à figures en bleu sur fond blanc.

290 — Six tasses et six soucoupes en porcelaine mince, à cartel chiffré et surmonté d'une couronne de comte, encre de Chine et dorure.

291 — Théière, pot à crème, boîte à thé, deux plateaux à bords lobés, douze tasses et seize soucoupes à décor européen, personnages au bord de la mer.

292 — Dix-sept tasses et dix-huit soucoupes décorées de médaillons à figures et corbeilles, réservés sur fond rouge relevé de dorure.

293 — Six tasses à pans et dix soucoupes décorées en émaux de la famille verte, de corbeilles fleuries, séparées par des bandes à fleurs ressortant sur fond d'émail noir.

294 — Deux théières et deux plateaux, de forme octogone, à feuilles rayonnantes chargées de fleurs et de rinceaux, se détachant d'un fond émaillé noir avec bordures quadrillées en émaux roses.

295 — Huit petits plats, décor bleu à la corbeille fleurie.

296 — Environ cent quarante assiettes, en porcelaine de Chine, du Japon et de l'Inde, seront divisées sous ce numéro.

297 — Onze tasses et onze soucoupes décorées en bleu, rouge et or.

298 — Dix-sept tasses et quatorze soucoupes décorées en bleu.

299 — Cinq tasses et quatre soucoupes émaillées en plein à fleurs et ornements.

300 — Tasses, soucoupes, plateaux, jardinière, flacons, théières, seront divisés sous ce numéro.

PORCELAINES DIVERSES

301 — Service en porcelaine gaufrée, à fleurettes en relief et décorée en bleu de bouquet. Environ 45 pièces. Corbeilles ajourées, plateaux, soupière, saucières, compotiers, etc.

302 — Cabaret en porcelaine de Amstel, décoré de vues de Hollande, animées de figures : quatre grandes pièces, un grand bol et dix tasses et leurs soucoupes.

303 — Cinq tasses et quatre soucoupes à bord contourné, en porcelaine de Saxe, décorées de sujets galants et d'une bordure d'imbrications roses.

304 — Cabaret avec plateau en Saxe, à sujets Watteau, sur fond blanc et motifs de fleurs sur fond jaune.

305 — Deux flacons à décor de fleurs et d'oiseaux avec lambrequin à l'épaulement, en émaux bleu, rouge et vert, relevés de dorure.

306 — Deux encriers avec plateaux à décor de scènes galantes, avec bordure et imbrications vertes.

307 — Écuelle à anses, avec couvercle en Saxe, à médaillons, paysages, sur fond bleu pâle.

308 — Bonbonnière à armoirie.

309 — Quatre bustes de figures symboliques des Saisons, en porcelaine de Saxe, avec piédouches.

310 — Deux potiches et deux cornets, décor dit aux Coqs, fond carmin, imitation de Chine.

311 — Service à thé, quatre grandes pièces, six tasses et six soucoupes, en même porcelaine et de même décor que la garniture qui précède.

FAIENCES

312 — Fontaine du temps de Louis XV, en faïence de Delft, décorée en bleu, de figures, de rinceaux et de fleurs et signée H. V. H. (Hendrick van Hoorn). Couvercle en cuivre.

313 — Deux vaches en faïence de Delft, à fond d'émail blanc et décor de guirlandes de fleurs en émaux polychromes. Les cornes sont dorées.

314 — Quatre statuettes, figures symboliques des Saisons en faïence allemande, décorée au naturel.

315 — Deux plaques ovales en faïence hollandaise, décor à paysage.

316 — Deux souliers de forme Louis XV, en faïence décorée en bleu.

317 — Plateau ovale à figures mythologiques, en réserve sur fond bleu.

318 — Coupe lobée en faïence italienne, décor polychrome, amour et arabesques.

319 — Plusieurs lots de compotiers, plats et assiettes en faïence de Delft, décor polychrome et décor bleu.

320 — Deux petits plats longs à bords dentelés, décor à fleurs en bleu. Delft.

321 — Sept assiettes allemandes, terre de pipe, décor polychrome à figures.

322 — Grès de Flandres, deux cruches et une chope à ornements, armoiries et inscriptions, rehaussés d'émaux brun et bleu sur fond gris.

TAPISSERIES

323 à 325 — Suite de trois tapisseries flamandes de l'époque Louis XIV et de même décor. Au centre se voit un écu armorié, ressortant sur les branches d'une croix et timbré d'une couronne de marquis. Au-dessus du blason, cinq génies, planant dans les airs, soutiennent une guirlande de fruits. Le bas de la tapisserie représente la vue d'une campagne boisée. La bordure à moulure d'oves et chapelet de perles, simule un cadre doré.

Dimension de la plus grande. Haut., 3 m. 55 cent.
Larg., 2 m. 85 cent.
Dimension des deux autres. Haut., 3 m. 55 cent.
Larg., 2 m. 75 cent.

326 — Tapisserie représentant des chasseurs atta-

quant un sanglier sur la lisière d'une forêt. Jolie bordure formée d'une guirlande de fleurs et de fruits avec perroquets.

Haut., 2 m. 90 cent.; larg., 4 m. 40 cent.

327 — Tapisserie représentant un paysage boisé traversé par un cours d'eau, sur les bords duquel des bergers surveillent un troupeau de moutons : bordure faite d'une guirlande de fleurs et de fruits entremêlés d'animaux et d'oiseaux.

Haut., 2 m. 95 cent.; larg., 3 m. 70 cent.

328 — Portière en tapisserie, représentant un paysage avec poule sur un tertre planté d'un bouquet d'arbres. Bordure formée d'une guirlande de fleurs.

Haut., 2 m. 95 cent.; larg., 1 m. 85 cent.

329 — Petite portière, verdure, avec bordure de fleurs ornée aux angles de fleurs de lis.

Haut., 2 m. 46 cent.; larg., 1 m. 50 cent.

330 — Tapisserie représentant un paysage boisé avec rivière traversée par un pont.

Haut., 1 m. 90 cent.; larg., 3 m. 15 cent.

4

ANCIENNE TENTURE

EN SOIE BRODÉE

VELOURS ET APPLICATIONS

331 à 334 — Suite de quatre grands et très curieux panneaux de tenture, décorés chacun de trois figures bibliques et mythologiques peintes sur soie et portant de somptueux costumes exécutés en broderies de soies et applications, avec bordures composées de carrés d'ancien velours de couleurs variées, à dessins en relief sur fond tissé d'or.

www.ingramcontent.com/pod-product-compliance
Ingram Content Group UK Ltd.
Pitfield, Milton Keynes, MK11 3LW, UK
UKHW031959260826
14628UKWH00005B/2153

9 782329 433059

PRÉFACE

Au milieu des désastres de la dernière campagne et des horreurs de la guerre civile, nous trouvâmes une espérance, sinon une consolation dans le bon vouloir très-remarquable, qui se manifesta dans toute l'armée.

Des voix nombreuses s'élevèrent aussitôt pour expliquer les motifs de nos défaites : pour proposer des remèdes.

Tout le monde discutait, mais chacun était prêt à l'obéissance et au travail, dont il reconnaissait le besoin.

Malheureusement on ne pût pas profiter de cet élan général. D'ailleurs les réformes à faire suscitaient des discussions sans résultat.

Les écrits militaires quelquefois peu étudiés étaient souvent empreints d'un esprit politique ou personnel.

C'était plutôt le moment de l'étude que celui des résolutions.

Aujourd'hui les voix confuses commencent à s'accorder.

Des hommes sérieux et compétents de toutes les nations ont mis au service des sciences militaires le fruit de leur travail.

On peut donc entreprendre cette réorganisation qui est pour la France un besoin impérieux et pour nous le vœu le plus cher.

Convaincus que l'étude ne peut jamais nuire et que c'est par le travail de tout le monde qu'on arrive à éclairer les questions, nous nous décidons à écrire ces quelques pages. Puissions-nous contribuer aux progrès de notre arme en faisant appel aux souvenirs des uns et en provoquant la contradiction des autres.

Nous ne voulons pas faire un traité ni proposer un nouveau système. Sans aucun parti pris, et éloignant de nous toute préoccupation étrangère à notre étude, nous écoutons tout ce que l'on dit sur la cavalerie. Et nous voulons examiner brièvement les principales questions qui s'y rattachent. Nous émettrons avec franchise nos propres idées.

Heureux si des hommes compétents veulent s'y arrêter un instant ne serait-ce que pour nous prouver que nous avons tort.

BUT DE LA CAVALERIE

Le but de la cavalerie, son rôle dans les guerres futures, ont été clairement démontrés dans la dernière campagne. Il n'est pas un homme sérieux, qui ne les ait compris.

Il ne faut plus parler désormais de ménager les hommes et les chevaux, pour pouvoir à un moment donné les lancer de front contre l'ennemi, et lui arracher la victoire. La charge est encore admise :

Lorsque les circonstances difficiles à déterminer et le moment, encore plus difficile à saisir, la rendent opportune.

Quand la sûreté de l'armée et la tactique du combat, en commandent le sacrifice.

Mais aujourd'hui ce n'est plus là le but ni la règle. Notre arme a des devoirs définis après et avant le combat.

L'importance de la cavalerie après un combat heureux sera toujours très-grande. Si elle n'est plus aussi décisive qu'elle le fût après Iéna, ou qu'elle l'eût été après Lutzen et Bautzen ou, après l'Alma, elle le sera néanmoins assez, pour empêcher ou pour gêner les concentrations de l'adversaire et même pour changer une défaite en déroute.

Après une bataille perdue, rien ne contribuera plus

au salut d'une armée, qu'une bonne cavalerie. Elle la sauvera d'un désastre complet comme fit la cavalerie de l'Autriche à Sadowa.

Mais le rôle de notre arme avant le combat, a pris une telle importance : à cause de la rapidité des concentrations, du nombre immense de combattants, et de la portée des armes à feu ; qu'on peut établir en principe : que toute armée qui ne sera pas pourvue d'une bonne et nombreuse cavalerie, sera toujours surprise et aura beaucoup de chances pour être battue. Il est difficile de ne pas admettre en effet :

1° Que les principes de l'art de la guerre sont toujours les mêmes : arriver sur le terrain avec plus de forces que l'ennemi — attaquer les points faibles — surprendre ;

2° Que rien n'est difficile à la guerre (ainsi que le fait observer l'auteur du Consulat) comme d'être renseigné ;

3° Que l'arme des renseignements et des surprises est toujours la cavalerie.

Laissons de côté le mal que l'on peut faire à l'ennemi en tombant sur ses approvisionnements, en coupant ses communications, en gênant ses marches. Ne parlons pas des entreprises hardies dont nous avons des exemples dans les guerres du premier Empire, dans les raids d'Amérique, et dans la dernière campagne ; ni de tous ces coups de main audacieux et brillants, que peut et doit entreprendre la cavalerie. Ne nous occupons que de son service habituel et journalier :

Bien reconnaître le terrain dans tous ses détails.

Conserver le contact avec l'ennemi de façon qu'aucun de ses mouvements n'échappe.

Epier ses préparatifs, deviner sa pensée.

Informer le commandement d'une manière précise et constante.

Protéger l'armée, non-seulement contre les surprises mais aussi contre les explorations de l'adversaire en formant ce *voile épais* dont on a tant parlé.

Et nous serons obligés de conclure : que notre rôle sera fort difficile, lorsque nous aurons contre nous une cavalerie instruite, exercée et entreprenante. — Les Prussiens ont eu la part trop belle dans la dernière campagne à cause du mauvais emploi de notre cavalerie, et de son insuffisance.

Convaincus de la nécessité d'avoir une cavalerie bonne et nombreuse, jetons un coup d'œil attentif sur l'état actuel de la nôtre, et nous pourrons nous convaincre de ce qui reste à faire pour la mettre à la hauteur de sa mission.

I. Recrutement

Ex nihilo nihil. Tous les hommes indistinctivement ne peuvent pas devenir bons cavaliers. En Autriche, ce recrutement se fait parmi les peuplades qui vivent au milieu des chevaux. En France, c'est la taille qui détermine le classement des conscrits. Est-il besoin de démontrer qu'il vaut mieux s'attacher à l'aptitude qu'au centimètre ? (1)

---

(1) La nouvelle loi de recrutement prescrit l'indication des professions sur les tableaux de recensement. C'est quelque chose mais ce n'est pas assez.

S'il n'y a pas en France des populations cavalières, il s'y trouve cependant des familles et même quelques contrées qui élèvent et s'occupent particulièrement du cheval. Nous ne prétendons pas qu'on puisse remonter toute l'arme avec de pareils éléments : On nous accordera cependant qu'il faudrait tout au moins ne pas les laisser perdre en les dispersant ailleurs. Si cette classe d'individus est insuffisante, nous pensons que le recrutement de la cavalerie doit être l'objet d'un soin tout particulier ; et nous le prouvons par les deux raisonnements suivants :

1° Tout le monde sait qu'un cavalier coûte très-cher à l'Etat. (D'après les calculs du capitaine bavarois, Julius von Olivier, un cavalier monté coûte six fois plus cher qu'un soldat d'infanterie.) Il faut donc ne pas augmenter ces causes de dépenses déjà si grandes, en désignant des hommes qui, non-seulement sont dépourvus d'aptitudes, mais ont quelquefois pour l'exercice du cheval une aversion profonde (1).

2° Il faut en général un homme plus intelligent pour faire un cavalier que pour faire un fantassin (2) parce qu'il faut quatre fois plus de temps pour instruire le premier et que le rôle du soldat de cavalerie souvent isolé est beaucoup plus difficile.

---

(1) On pourrait en citer qui ont supporté toute espèce d'ennuis et se laissant tomber exprès de cheval dans l'espoir d'être changés d'arme. Un homme des bords de la mer cherchait tous les moyens pour se faire du mal, et disait qu'il aurait préféré avoir la tête coupée que d'être mis sur un cheval.

(2) Ceci s'entend sans sortir des limites des aptitudes d'un simple soldat. Nous ne parlons qu'au point de vue militaire qui ne peut froisser la susceptibilité de personne.

La pratique a souvent confirmé notre raisonnement en nous montrant des hommes absolument impropres à notre arme, faire ensuite un bon service dans l'infanterie.

Ce manque d'aptitude, disons presque de vocation, ne disparaît pas souvent. Il donne des cavaliers, des sous-officiers, même des officiers qui pourraient être très-bons, si ils étaient placés ailleurs, et qui sont en réalité très-mauvais. Malgré leur travail et leurs qualités, ils nuisent plus que l'on ne saurait le croire, à l'esprit de l'arme. Si l'on ne peut pas tolérer qu'il y ait aversion pour la cavalerie chez le simple soldat, chez les chefs de tous grades, l'indifférence même ne peut être permise.

Pour qu'on puisse conserver assez le goût du cheval, pour monter tous les jours, même à un âge avancé sans craindre ni le danger ni la fatigue ; pour qu'on puisse pousser par son énergie et entraîner par son exemple les subordonnés à se perfectionner dans les exercices ; il faut une vocation complète ou une de ces volontés vraiment viriles qui ne connaissent pas d'obstacles.

Les hommes qui n'ont pas ce goût ou cette volonté de fer, s'habituent à une tranquillité, à une modération qu'ils finissent par prendre pour règle. Dans tout exercice un peu prolongé, ils voient un abus, dans toute hardiesse un excès ; soit par conviction, soit parce qu'ils y sentent un reproche tacite. De là, ces répressions qui éteignent toute ardeur et ce proverbial « *au pas* » dont la conservation des chevaux n'est pas toujours le vrai motif.

Le recrutement des cavaliers donne lieu aux observations suivantes :

Taille. — Il faut se tenir en garde contre deux opinions extrêmes et également dangereuses :

La préférence pour les beaux hommes.

Le désir de tout sacrifier à la légèreté.

Les hommes très-grands sont plus forts, plus beaux et plus aptes au combat à l'arme blanche. Ils dominent mieux le cheval, mais ils le fatiguent par leur poids, et diminuent sa vitesse.

Les hommes très-petits malgré leur légèreté incontestable, ne conviennent pas davantage. Le soldat de cavalerie n'est pas un jockey qu'on place en selle un peu avant le départ, et qui n'a qu'à tenir la tête de son cheval pendant la course ; c'est un homme qui doit seller et charger sa monture dans les conditions les plus défavorables, porter des poids très-lourds, dominer et conduire de jeunes sujets, les panser sans chaise ni escabeau. Il doit porter et manier des armes longues et lourdes, envoyer des coups de pointe vivement et le plus loin possible. Toutes ces conditions demandent de la force et une certaine taille.

Il est évident qu'il ne faut pas exclure les hommes grands ou petits qui sont déjà bon cavaliers ; mais toutes choses égales d'ailleurs, il faudra donner la préférence à une taille moyenne qui répondra selon nous à celle de la cavalerie de ligne actuelle.

Santé. — Un homme qui n'est pas très-robuste, ne doit jamais être placé dans la cavalerie. Nous voyons presque le quart d'une classe de conscrits ne pas pouvoir suivre le cours d'instruction des autres, et peupler les infirmeries et les hôpitaux. Une grande partie de ces malheureux restent pendant tout leur congé maladroits et souffreteux.

Il faudrait au moins pouvoir les renvoyer promptement de la cavalerie : ce serait un acte de charité à leur égard, et une grande économie pour l'Etat.

APTITUDES. — Les hommes qui savent déjà monter à cheval et qui sont familiarisés avec cet animal, arrivent beaucoup plus vite que les autres à l'école de l'escadron, si on en fait une classe à part. Cela se comprend aisément parce que ce qu'il y a de réellement difficile c'est l'équitation.

Ainsi donc il faudrait bien choisir les hommes d'après leurs aptitudes ; et avoir ensuite un moyen facile pour faire passer dans une autre arme ceux qui, après quelque temps, seraient reconnus impropres à la nôtre.

II. Organisation

Nous allons négliger les questions relatives à l'avancement, à l'état des officiers et à la suppression de certains grades ou emplois, comme n'ayant pas un rapport direct avec les conditions spéciales de la cavalerie. Nous ne voulons parler que de la division de l'arme et des corps, de l'organisation en temps de paix et des non-valeurs.

La division en grandes unités, donne lieu à la question suivante : Convient-il d'avoir un petit nombre de régiments composés de huit escadrons 200 ou 300 sabres chacun ; ou bien est-il préférable d'entretenir beaucoup de régiments à cinq escadrons avec 120 ou 80 chevaux seulement par escadron ?

Le premier système imaginé par Napoléon à Sainte-Hélène, repose sur le principe : que les qualités requises pour faire un colonel, sont rares, et qu'on aura beaucoup plus de facilité pour en trouver quarante, que cent. Le même raisonnement appliqué aux capitaines-commandants, explique la force des escadrons, et se trouve corroboré par le nombre inévitable des pertes en cas de guerre.

Le deuxième mode, lorsqu'il n'est pas poussé à l'extrême, convient mieux pour récompenser tout le monde. Il a également l'avantage de pouvoir, avec ses cadres nombreux, instruire plus facilement les hommes, et de mieux se prêter à la mobilité. D'ailleurs, c'est le système en usage en Europe et en France en particulier; avant de l'abandonner il faudrait être bien convaincu, théoriquement et pratiquement, de la supériorité de celui qu'on lui substituerait.

La division constante du régiment en dépôt et en partie mobilisée pourrait être adoptée comme règle d'organisation. Le commandant Laferrière a démontré l'utilité d'avoir des escadrons actifs complétement débarrassés du service du dépôt. L'instruction des recrues condamne actuellement les hommes de la première classe à l'inaction, ou à un semblant d'occupation qui laisse croire à quelques-uns qu'on travaille réellement. Il est utile d'avoir des dépôts destinés à l'instruction élémentaire des recrues ; les escadrons actifs n'ont pas trop du travail de toute l'année, pour perfectionner les cavaliers et pour les entretenir en exercice. Mais on ne peut arriver à ce bon résultat, que si les cadres des dépôts sont suffisamment nombreux.

Le système de grouper plusieurs dépôts ensemble, ou, pour mieux dire, d'en avoir un seul pour plusieurs régiments, a l'avantage : d'être moins coûteux à cause des centralisations, de commandements, d'ouvriers et de magasins, et d'imprimer à l'instruction le caractère de l'uniformité. Il faut, à notre avis, que cette instruction soit dirigée par un chef du grade d'officier supérieur, possédant réellement les aptitudes et l'habitude requises pour cet emploi; et mis à même par son grade d'assumer toute la responsabilité, sans subir l'influence de personne. En effet, il arrive souvent qu'avec les meilleures convictions et la plus grande envie de bien faire, on est arrêté à chaque pas par le mauvais vouloir de l'un, la jalousie de l'autre, les idées fausses du troisième; et la conséquence est, que les hommes travaillent moins et ne deviennent pas bons cavaliers. Le rôle d'instructeur n'est pas l'affaire de tout le monde et ce n'est pas au hasard qu'on doit choisir ceux auxquels on le confie.

Quelle que soit l'organisation de la cavalerie, il faudrait la débarrasser des non-valeurs et des spécialités; et cela dans un but économique. Il n'est pas rationnel lorsqu'on se plaint du prix que coûtent les cavaliers à l'Etat, qu'on fasse une pareille dépense pour des hommes, qui ne lui rendent pas les services, auxquels ils sont destinés. La chose vaut la peine d'être prise en considération, car ils constituent à peu près le quart de l'effectif des présents.

ORDONNANCES. — Autrefois les officiers avaient des domestiques; aujourd'hui que ce système est aboli, quelques armées d'Europe ont des hommes appartenant à des corps non montés, habillés et équipés plus légèrement et destinés au service des officiers. De cette manière aucun soldat du régiment n'est distrait, pour ce motif de son travail. En campagne comme en route, ces hommes se chargent des seconds chevaux des officiers et on garde tous les hommes du régiment pour le combat (1).

PELOTON-HORS-RANGS. — Cette institution tantôt soutenue, tantôt critiquée, a pour nous l'inconvénient de prendre souvent de bons cavaliers et d'amener des dépenses d'instruction et d'équipement pour des hommes qui ne montent plus à cheval. Quel inconvénient y aurait-il à composer ce corps de fantassins ?

MUSIQUE. — En examinant, comme nous devons le faire la question au seul point de vue militaire, l'inconvénient de cette institution nous paraît sérieux pour les troupes à cheval.

Un trompette est un cavalier d'élite. Intelligent, brave et adroit il est la voix de l'officier qu'il accompagne, l'intermédiaire entre le commandement et l'exécution ; il établit l'accord entre la tête et le bras. Très-bien monté, il doit avoir d'autant plus soin de son cheval, qu'il suit souvent un officier, qui en a un de rechange.

Dira-t-on : de ce que le trompette est un excellent cavalier en campagne, il ne s'en suit pas qu'il ne puisse faire de la musique en garnison ? Certainement *qui peut plus peut moins*, mais l'équitation, le pansage, les soins des chevaux, l'entretien des armes et des effets,

---

(1) Nous traiterons plus loin la question des chevaux de rechange pour les officiers.

les exercices de guerre ne s'apprennent pas sans le travail de tous les jours. Mais il faut une étude assidue et continuelle pour faire des musiciens passables ; et alors, toute la journée doit être sacrifiée à cette occupation.

Nous ne parlons pas des abus ni de la contradiction qu'il y a à faire une dépense inutile lorsqu'on veut économiser sur l'essentiel, mais nous regretterons toujours que les trompettes perdent leurs qualités précieuses pour devenir des musiciens médiocres.

Comptabilité. — L'administration est aussi une grande entrave aux progrès de l'arme. Ce ne sont pas les études administratives qui nuisent ; c'est la pratique. Les détails sont infinis, les exigences sans bornes. Ils absorbent tout le temps des officiers et des sous-officiers qui y sont attachés. Les conséquences sont faciles à déduire et tout le monde les voit. Les uns ont proposé la suppression de la masse individuelle, ce qui simplifierait l'administration. D'autres voudraient un personnel à part pour tout le service administratif comme cela se pratique dans d'autres armées avec grand avantage.

Enfin, il convient de tenir la cavalerie constamment au complet. La nécessité de cette mesure est reconnue en Allemagne et se comprend aisément. Il suffit de remarquer la différence qui existe entre un régiment exercé et prêt, et un autre qui ne l'est qu'à moitié. On n'a qu'à réfléchir à la rapidité avec laquelle il faut réunir et disposer ses troupes dès que la guerre est déclarée........ et on admettra : que, quant aux chevaux, il serait aussi absurde de vouloir se mettre en campagne avec un animal venant de l'herbe et du labour que de prétendre faire suivre une chasse, ou engager dans une course un cheval qui ne serait pas en condition.

Et quant aux hommes, le système de renvoyer les uns chez eux pendant que les autres restent sous les drapeaux, a pour résultat de transformer ces derniers en valets de ferme et en palefreniers. Tout leur temps se passe à soigner les animaux qui restent en quantité naturellement plus grande ; et la tenue, la discipline, les exercices et l'esprit militaire se perdent, ou reçoivent une atteinte irréparable.

La grande objection, la seule, est celle de la dépense.

Il faut convenir que la cavalerie coûte très-cher; mais sans de grands sacrifices on n'aura jamais d'armée. On ne saurait trop répéter à ceux qui ne pensent qu'aux économies : qu'il arrive un moment, où l'argent dépensé n'est jamais regretté, et que si l'ennemi est vainqueur, il sera d'autant plus prodigue de nos richesses, que nous en aurons été plus économes. Mieux vaudrait ne pas avoir d'armée que d'en entretenir une inférieure à sa destination. Ce système de demi-mesures est le plus pernicieux. — Plus cher parce qu'il oblige à payer l'ennemi après avoir dépensé beaucoup d'argent pour tenir sur pied une force insuffisante ; il a surtout le vice d'entretenir dans le public et même parmi les militaires, des illusions funestes.

III. Officiers

Nous plaçons en tête de cet article le portrait suivant fait avec les paroles du grand Frédéric, par M. de Formanoir, dans sa belle étude sur la cavalerie (1).

« Officier de cavalerie, titre brillant qui peut devenir glorieux, mais qui écrase celui qui en est indigne. Celui-là ne mérite pas de le porter, qui s'imagine que d'avoir servi longtemps ou d'avoir bien servi, c'est la même chose et qui est satisfait de lui-même, pourvu qu'on ne puisse pas lui reprocher quelque faute grossière contre son devoir. Possédant toutes les connaissances et toutes les qualités spéciales à son arme, il faut en outre que l'officier de cavalerie puisse être rangé parmi ceux : qui, pleins d'une noble ambition, ont envie de se pousser dans le monde par leur courage, par leurs capacités, par leur sagesse; qui, avides de s'instruire, ne désirent que d'avoir des occasions de s'éclairer et d'augmenter la sphère de leurs connaissances. »

Le premier moyen pour avoir de bons officiers est évidemment la manière de les choisir. Les écoles militaires y compris celle de Saumur où on a institué un cours d'élèves officiers, devraient être les seules voies pour arriver au grade de sous-lieutenant. Le nombre des élèves devrait être assez nombreux pour faire une part équitable à l'avancement des sous-officiers. Quant à l'ancienneté et à la récompense des services adminis-

(1) *Étude de la tactique de la cavalerie*, par M. de A. Formanoir, capitaine d'état-major, Bruxelles 1872.

tratifs et autres, nous croyons qu'ils ne devraient jamais conduire au grade d'officier de cavalerie.

Les qualités requises pour cet emploi, sont de deux ordres : morales et physiques.

Plaçons parmi les premières : l'intelligence, les connaissances acquises par l'étude, un certain savoir faire que donne la disposition naturelle et que développe le travail, et surtout cette aptitude au commandement qui impose l'obéissance.

Quant aux secondes, l'officier doit être agile, hardi, très-bon cavalier, habile dans les exercices du corps et dans le maniement de ses armes.

L'équilibre, qui doit exister entre le développement des facultés intellectuelles et corporelles et qui est reconnu utile au perfectionnement des unes et des autres, est ici indispensable. Il faut à tout prix, que l'officier possède : *mentem sanam in corpore sano.*

Il faut même avouer que dans ce cas la matière prime l'esprit. En effet, les qualités morales ne seront d'aucune utilité sans la santé et la vigueur. Le savoir, joint à l'intelligence, sera lettre morte lorsqu'il faudra parcourir quatre-vingts kilomètres, veiller la nuit, visiter les avant-postes après une longue route, galoper à travers les terrains accidentés et porter dignement son épaulette au milieu du combat.

Le deuxième moyen consiste dans tous les exercices théoriques et pratiques qui perfectionnent les connaissances et développent les aptitudes. N'insistons pas sur ce point. La vie laborieuse qu'il faut demander à l'officier de toutes armes, est aujourd'hui à l'ordre du jour. Donnez-lui seulement le temps du travail en confiant les détails de service aux sous-officiers.

Une innovation heureuse à introduire dans l'armée française, serait l'habitude de faire passer facilement les officiers d'une arme dans une autre. Le goût du travail amènerait les uns dans l'état-major, la perte des aptitudes équestres conduirait les autres dans l'infanterie..... et ainsi de suite, et réciproquement. Cette coutume serait surtout utile aux officiers supérieurs, qui doivent savoir commander dans les différentes armes. Il n'y a qu'un préjugé à vaincre. Ces changements ne blesseraient personne une fois passés dans les mœurs. Tous les services y gagneraient ; et le bien de l'armée est en réalité le véritable, le seul intérêt de chacun de ses membres.

On a souvent reproché à la cavalerie d'être l'arme des riches, et d'encourager le luxe et la frivolité. Il est utile d'examiner attentivement ce sujet, et de se dire ce qu'il y a de vrai et de grave dans cette accusation.

La possession du cheval représente la richesse, l'équitation donne un grand prestige au cavalier ; il n'est donc point étonnant que ce qui flatte l'amour-propre d'un côté excite la jalousie de l'autre. De tout temps et dans toutes les armées, les jeunes gens riches soit par goût pour le cheval, qui est une des passions les plus nobles de l'homme ; soit par envie de paraître ; soit par imitation, ou pour rechercher la société de leurs semblables ; ont servi, et servent dans les troupes à cheval.

Il est impossible d'obtenir, et par conséquent absurde de prétendre que tout le monde soit également riche (tout autant vaudrait décréter l'égalité de l'intelligence ou de la stature). Il y aura donc toujours des pauvres et des riches. Il s'agit de savoir si il est avantageux pour l'armée que ces derniers servent dans la cavalerie.

On peut dire que ces jeunes gens y apportent des habitudes de dissipation et de luxe ; qu'ils propagent le goût de la dépense et poussent les moins fortunés à faire des dettes ; qu'ils découragent les autres et nuisent à l'esprit militaire par les faveurs qu'ils obtiennent. Ces objections, ont plus d'apparence que de réalité : L'armée est une école qui se moralise par le travail. Le goût des folles dépenses bien passé de mode aujourd'hui, est parfaitement réprimé par les chefs et par l'exemple. Du reste, l'expérience nous montre que ceux qui ont ce malheureux penchant le manifestent malgré la simplicité de tous les autres; et que les régiments où se trouvent beaucoup d'officiers riches, sont encore les plus agréables pour ceux qui ne le sont pas. Quant au népotisme, si on ne donnait le grade de sous-lieutenant et même celui de maréchal-des-logis qu'après un examen à la suite d'un cours, il n'y aurait plus à s'en préoccuper. L'avancement sur l'arme et les examens répondent pour les autres grades. Et d'ailleurs, la plus grande partie de ces favorisés de la fortune se retirent après un espace de temps assez court.

Laissez-les donc ces jeunes gens vous offrir leurs plus belles années et dépenser leur argent dans une arme qui flatte leur amour-propre et qui parle à leur imagination ! Au lieu d'éteindre leur ardeur, réveillez-la par tous les moyens possibles. Les courses, les exercices les plus difficiles, les plus fatigants, les plus dangereux sauront les attirer. En passant dans les régiments les plus beaux jours de leur vie, ils auront par leur gaîté, par leur entrain, par leurs excentricités même, contribué à rehausser l'esprit de cette arme qui plus que toute autre a besoin de vivacité et d'enthousiasme. Ils font d'excellents officiers quand on sait les diriger ; toutes les campagnes le prouvent.

Vous craignez que la cavalerie soit l'arme des riches? N'est-il pas bien plus dangereux d'y placer et d'y garder des hommes qui ne s'y trouvent pas bien ?

Il y a avantage pour tout le monde dans cette manière d'opérer. Avantage pour l'Etat qui doit savoir utiliser toutes les forces vives de la nation et profiter même des passions qui ne conduisent pas à l'immoralité.

Avantage pour ces jeunes gens eux-mêmes dont le *self-respect* résultant d'un service honorable et quelquefois brillant, fera des hommes plus utiles à la famille et à la société.

IV. Sous-officiers

Le rôle important et difficile que jouent les sous-officiers dans les corps à cheval, rend cette question digne du plus grand intérêt. Du reste c'est une de celles dont on parle le plus. Elle présente deux problèmes également difficiles à résoudre : La manière de les former. — Le moyen de les garder.

Nous croyons que pour obtenir de bons sous-officiers, il faut instituer des écoles de brigadiers élèves sous-officiers. La mesure devrait être assez radicale pour qu'on ne pût obtenir le galon de maréchal-des-logis qu'en sortant de ces écoles. Les élèves pourvus du nouveau grade, seraient alors répartis dans les régiments en raison des besoins.

L'utilité de ces institutions n'est pas discutable. N'y passeraient-ils que huit mois, ils en emporteraient un bagage de connaissances et surtout un goût et une méthode de travail qui leur serviraient pendant toute leur carrière, ce qui est presque impossible à donner dans un régiment.

C'est que dans une école : — Les élèves débarrassés de toute préoccupation de service, peuvent donner tout leur temps au travail.

— On a des éléments et des moyens qu'il est impossible de trouver dans tous les régiments.

— L'exemple et l'émulation donnent des résultats bien supérieurs.

— Les conditions de l'examen empêchent non-seulement la faveur mais aussi ces nominations *faute de mieux*, nécessaires quelquefois dans un corps, pendant que les sujets méritants abondent et se nuisent dans un autre.

La possibilité pratique de ces écoles a été démontrée beaucoup mieux que nous ne saurions le faire par M. de la Lobbe (1).

Le projet de cet officier supérieur devrait, à notre avis, être modifié pour la cavalerie, dont les besoins, l'instruction et le recrutement, se trouvent dans des conditions spéciales. Nous préférons l'admission des brigadiers à celles des civils dans les écoles parce que : Les brigadiers sont au courant du service, ont achevé

---

(1) *Mémoire sur la nécessité de créer des écoles de sous-officiers.* E. de la Lobbe, colonel d'état-major. Paris, Tanera 1872.

leur instruction élémentaire et ont eu le temps de donner des garanties pour l'avenir au point de vue de la santé, des aptitudes et de la conduite. Toutes ces raisons permettent d'abréger les cours et ne mettent pas l'Etat dans le cas de faire une dépense inutile.

Rentrés dans les régiments ceux qui sont dignes de l'épaulette sont proposés pour l'école des élèves officiers de Saumur.

Le danger de dépeupler les régiments en leur enlevant des brigadiers n'est pas à redouter; premièrement, parce qu'on peut considérer les élèves comme des sous-officiers et nommer des brigadiers à leur place et ensuite parce qu'on peut les remplacer par des faisant fonctions (comme on fait en Prusse où il n'y a pas de caporaux). Ne voulant pas entrer dans les particularités de ce projet, nous résumons ainsi nos idées :

Trois degrés d'instruction pour le grade de sous-lieutenant :

1° Instruction élémentaire dans les dépôts donnant le grade de brigadier ;

2° Ecoles de sous-officiers conférant seules le grade de maréchal-des-logis ;

3° Ecole de Saumur également seule, pour donner l'épaulette.

Quant au travail des sous-officiers dans les corps pour augmenter leurs connaissances, on est déjà dans la voie du progrès et on arrivera certainement à de très-bons résultats, quand on possédera de bons éléments et qu'on ne craindra pas de les faire beaucoup travailler.

L'instruction équestre et les exercices des armes doivent également être l'objet d'un soin continuel. Les sous-officiers sont des instructeurs et il faut très-bien savoir ce qu'on professe afin de pouvoir prêcher d'exemple, ce qui est la meilleure manière de professer :

La seconde difficulté est celle de garder les sujets assez longtemps, pour qu'ils rendent à l'armée les services qu'elle demande. Autrefois il y avait les primes et la pension de retraite, maintenant que ces moyens sont supprimés, il faut :

1° Améliorer la condition présente des sous-officiers;

2° Assurer leur avenir.

Quant au présent, il importe de leur donner le bien-être et l'autorité compatibles avec l'économie, et conciliables avec leur position. — Qu'il nous soit permis d'entrer dans quelques détails.

Logement. — Il est nécessaire que chaque sous-officier ait une petite chambre à lui. La chose n'est pas difficile à réaliser et les casernements s'y prêtent plus qu'on ne croit. On n'aura souvent qu'à diviser une grande chambre en plusieurs compartiments, pour que chaque sous-officier puisse être *chez lui* : premier élément d'ordre, de travail, de bien-être et de *respectabilité*.

Solde. — Il convient de payer suffisamment les sous-officiers, c'est-à-dire, ni trop, ni trop peu.

Habillement. — On doit les habiller mieux que les cavaliers. Les sous-officiers de cavalerie sont particulièrement, je dirai même extraordinairement, sensibles au prestige de l'uniforme. Il est au moins maladroit de chercher à leur enlever cette source de plaisir, qui les attache au service militaire et leur fait supporter bien des ennuis.

Toutes ces chicanes qui ont pour but de les obliger à porter des effets disgrâcieux et incommodes qui leur déplaisent, (mais qui sont d'ordonnance) les ennuient sans aucun profit et dégoûtent la plupart. Le général de Brack auquel on ne reprochera pas certainement, de n'avoir pas été un homme pratique, de n'avoir pas compris les militaires, et de n'avoir pas eu un régiment très-remarquable, encourageait le brillant et ce qu'on nomme la *fantaisie* dans la tenue. Cela ajoutait à l'apparence de son régiment, sans nuire en rien à ses qualités plus sérieuses.

Qu'on mette des bornes aux abus, mais que les sous-officiers soient fiers de porter l'uniforme. — On pourrait même supprimer pour eux les effets de la première catégorie en leur donnant une solde qui leur permettrait de s'habiller à leurs frais.

TABLE. — Nous attribuons une moindre importance au luxe dans la nourriture. Les sous-officiers ne tiennent pas beaucoup à la recherche dans leur alimentation. Du reste, la sobriété sied bien à leur âge, à notre profession et à notrearme en particulier.

Il faut enfin et surtout les rehausser à leurs propres yeux, à ceux de leurs chefs et à ceux de leurs inférieurs en leur donnant de la *responsabilité.*

Il ne faut pas croire qu'ils n'en sont pas dignes : peu de temps suffira pour en faire l'expérience et en recueillir les fruits. Les hommes sont ce qu'on les fait, et leurs qualités ne se développent qu'en les soumettant à l'épreuve.

Quant à l'avenir, puisqu'à tort ou à raison on en veut plus de vieux soldats, il faut que la loi *assure* une place à tous ceux qui auront exercé pendant un certain nombre d'années les fonctions de sous-officiers. Que cette place soit en rapport avec leur position dans l'armée et qu'elle les mette à même d'obtenir la récompense de leurs services.

V. Armement

Malgré le perfectionnement des armes à feu, la meilleure arme du soldat de cavalerie, après le cheval, est encore le sabre. On dit *un sabre* pour désigner un cavalier prêt au combat. La pratique des dernières guerres n'a point diminué l'importance morale ou physique de cette arme. Elle est toujours pour le cavalier l'*ultima ratio*, celle qui ne lui fait jamais défaut.

Notre sabre est un peu lourd, il n'est pas très-bien *en main ;* quelques-uns voudraient remplacer la garde en laiton par une garde en fer. Il y a également une discussion sur la préférence à donner aux lames droites, courbes ou demi-courbes ? ?... S'il est difficile d'adopter un modèle qui puisse satisfaire à toutes les exigences, il y a quelque chose qui les concilie toutes : c'est de bien savoir se servir de celui qu'on possède. A ce propos nous sommes obligés de signaler l'insuffisance du règlement sur les exercices et le peu de soin que nous attachons à apprendre l'usage de cette arme, comparativement à l'importance de l'arme elle-même et à l'exemple des cavaleries voisines.

CARABINE. — La nouvelle carabine est un peu lourde, mais elle se charge assez facilement. Il n'en est pas de même du déchargement (que les différents ratés rendent nécessaire) et qui est très-difficile et très-dangereux par le moyen de la baguette. Beaucoup d'officiers demandent un fusil *à magasin;* d'autres voudraient un mousqueton pouvant être passé dans une fonte ou porté au crochet de manière à pouvoir le prendre et le quitter facilement. On éviterait les mouvements nécessaires pour passer le fusil à la grenadière, mouvements rendus difficiles par les épaulettes, la crinière, la coiffure, etc.

Nous croyons que le fusil à répétition (en admettant qu'on puisse le perfectionner, ce qui n'est pas douteux) est destiné à devenir, à une époque assez rapprochée, l'arme exclusive de la première ligne; à plus forte raison de la cavalerie.

Pour le moment, l'arme que nous avons, une fois munie d'un tire-cartourches, peut nous rendre de grands services à pied et même à cheval. Il ne s'agit que de très-bien apprendre à en faire usage. Un cavalier convenablement instruit peut se servir très-adroitement de sa carabine et arriver à des résultats remarquables ; mais ce n'est que par le travail quotidien qu'il pourra y parvenir.

Revolver. — Non encore réglementé. C'est une arme moderne, qui donne de la confiance au cavalier et peut lui rendre des services dans quelques circonstances.

Lance. — La lance, complétement disparue en France, est regrettée par bon nombre d'officiers. Il est incontestable que cette arme a un effet moral énorme, qu'elle peut renverser un cavalier, dans une parade, fait des blessures terribles et donne beaucoup de confiance au lancier. On lui a reproché la grande difficulté de son maniement, la nécessité d'avoir des cavaliers souples et forts à la fois, le peu de service que peuvent faire les lanciers la nuit et aux avant-postes. On a dit enfin que par sa longueur elle est un embarras pour le cavalier, qui doit pouvoir passer partout..... Au lieu de discuter les mérites ou les défauts de cette arme, contentons-nous de remarquer : que toutes les autres cavaleries de l'Europe ont plutôt augmenté que diminué les lanciers. Ont-elles eu tort, ont-elles eu raison? Cela peut laisser penser, en tout cas, que la mesure de cette suppression en France a été peut-être un peu radicale et précipitée.

Cuirasse. — La cuirasse, condamnée avant 1866, a été remise en honneur par la campagne Austro-Prussienne et spécialement par le combat de Hettstadt (26 juillet). — Elle est conservée dans toutes les armées, excepté en Autriche. Le poids, la raideur des mouvements, la difficulté de rendre des services dans l'emploi d'éclaireurs, la cherté très-grande des chevaux de réserve, la nécessité de faire faire, à un moment donné, à peu près le même service à toute la cavalerie, sont les raisons qui militent contre cette arme. Cependant il est rationnel de ne pas trop se hâter de supprimer les cuirassiers, on aura au moins l'avantage de ne pas être obligé de refaire les dépenses qu'occasionnerait un retour d'opinion sur leur compte.

En somme :

C'est surtout la manière de se servir des armes qu'il faut perfectionner. L'arme blanche a toujours le premier rôle.

Il ne faut jamais perdre de vue que les armes n'ont

qu'une importance secondaire et que la principale force du cavalier est toujours dans son cheval.

VI. Habillement

Commençons par dire que nous n'attribuons pas une grande importance à tous les détails de la tenue des soldats. Habillez-les de blanc, habillez-les de rouge, ils se battront bien s'ils sont bien instruits et bien commandés, et *vice-versà*. Cependant dans les armées les uniformes changent si souvent, des hommes si sérieux se sont occupés de cette question, qu'il n'est pas permis de croire qu'elle ne vaut pas la peine d'être traitée.

Après la guerre de sécession, quelques vulgarisateurs de cette longue et mémorable campagne admiraient et exaltaient tout ce qu'on y avait fait. Ils prétendaient : que le vêtement le plus parfait était celui des troupes américaines, un seul uniforme pour toute l'armée ayant l'avantage de convenir également à l'artilleur, au cavalier et au fantassin. Nous avons vu à l'exposition de 1867, cet habillement tant vanté et aussi bien au point de vue de la qualité et de la durée de l'étoffe, qu'à celui de la coupe et de la confection, il nous a paru pitoyable. Nous ne croyons pas qu'on puisse habiller nos hommes aussi mal.

Nous estimons : que ce n'est pas dans ces vêtements si négligés, mais bien dans les fournitures de flanelles, de chaussettes de laine, de caoutchouc, etc, qu'on peut sous ce rapport imiter les Américains.

A quelles conditions doit répondre le vêtement du cavalier ?

Il doit : le garantir du froid sans trop le gêner pendant la chaleur.

Laisser l'aisance des mouvements pour l'exercice des armes et permettre de coucher boutonné. Etre fait exprès pour monter à cheval tout en étant convenable pour marcher à pied.

Durer longtemps sans se dégrader.

Se composer du nombre d'effets le plus restreint possible.

Être enfin d'un aspect suffisamment élégant pour que l'homme le porte avec goût et l'entretienne avec soin.

Notre vêtement actuel, surtout celui de la cavalerie de ligne, ne répond pas à ces exigences. Les meilleures solutions de ce problème ont été données dans l'ouvrage si connu de M. le colonel Lewal, et dans la brochure du commandant Clapeyron.

Un vêtement assez court, très-ample au thorax et assez ample à la ceinture est ce que tout le monde demande. Le collet doit être rabattu parce qu'il est inutile de mettre les hommes au carcan, et que c'est le seul moyen de pouvoir porter la cravate. Le ceinturon sous le vêtement n'a pas l'inconvénient de gêner les mouvements des bras et de produire l'usure de l'étoffe. Les bottes par-dessus le pantalon, sont d'une utilité pratique. Nous avons tous vu dans les bivouacs nos hommes chercher à faire entrer leur grosse basane en cuir dans les petites tiges de leurs bottes, pour pouvoir circuler dans la boue.

Un gilet à manches en guise de veste d'écurie, porté

par-dessous le vêtement, dispensera parfaitement du besoin de manteau.

Nous verrions volontiers substituer au par-dessus un caoutchouc en tissu assez épais, ne descendant pas plus bas que le tiers supérieur de la cuisse. Un tablier de même étoffe garantirait les jambes et pourrait servir de couvre-sacoches. Un homme vêtu de cette manière, recevra la pluie toute la journée et recommencera le le lendemain, tandis qu'avec le manteau ou la longue capote, l'étoffe sera traversée après quelques heures, l'homme sera écrasé par le poids de son par-dessus, et aura besoin de plusieurs jours de beau temps pour le faire sécher. Tous ceux qui ont l'habitude de monter à cheval quand il pleut, connaissent l'utilité du tablier et nous savons tous que le manteau ne couvre pas les jambes pour peu que le cheval soit en mouvement. Quant aux longs pans de la capote, ils s'impregnent inutilement de sueur et de boue, et ne constituent qu'une gêne pour l'homme à cheval.

VII. Equipement

L'utilité pratique, la commodité et la solidité sont les conditions à rechercher dans l'équipement.

La coiffure doit garantir de la pluie et du soleil le visage aussi bien que la nuque et préserver des coups de sabre la tête et la figure du cavalier.

Le casque remplit ces conditions; mais il a le désavantage d'être très-lourd. D'autres lui reprochent ce brillant qui le fait voir de très-loin. La crinière est un accessoire bien incommode du casque français; affreusement gênante pour passer le fusil à la grenadière, elle est continuellement chassée sur la figure par le vent et sert de gouttière pour amener l'eau de pluie dans le dos. Ajoutons que rien ne justifie le maintien de cet ornement. Malgré tout, l'utilité de la coiffure défensive ainsi que des pattes d'épaulettes pour garantir les épaules, a été démontrée pendant la dernière guerre. Nous connaissons bon nombre de cavaliers qui en ont été convaincus par des arguments qui n'ont rien de théorique.

La giberne, très-critiquée, n'a pas encore été avantageusement remplacée. Des cartouchières fixées à la bandoulière ou la poche garnie de cuir en pourraient tenir lieu jusqu'à ce que nous ayons le fusil à magasin.

Il ne faut plus songer à la cartouchière soutenue par le ceinturon, qui supporte déjà le poids du sabre, d'autant plus qu'on y ajoutera peut-être même un étui à revolver.

Le ceinturon est généralement placé par-dessuos l'habit dans les cavaleries modernes; cette méthode est désapprouvée par des hommes très-sérieux, qui disent : que le militaire doit avoir les reins ceints, et nous font réfléchir à l'utilité des ceintures gymnastiques (1)

---

(1) Pour diminuer la secousse des intestins, inévitable dans beaucoup d'exercices et pour prévenir d'autres accidents, il est utile de se munir d'une ceinture autour des reins, précaution particulièrement nécessaire à qui se proprose de faire quelques grands efforts, et à ceux qui manquent de force dans le bas-ventre. La ceinture gymnastique est en peau de veau de la longueur de 4 ou 5 doigts; on l'applique immédiatement au-dessus des hanches. Elle doit être plus étroite à sa partie

au soutien qu'on éprouve à se sentir un peu serrés à la ceinture, à la tournure militaire, etc. Cependant si on donnait à la place de la veste d'écurie un gilet à manches en étoffe élastique, le ceinturon pourrait être mis sur ce vêtement, et l'habit d'uniforme placé par-dessus serait libre et à la fois ample et gracieux. Le capitaine Cogent a depuis longtemps proposé (parmis un grand nombre d'inventions ingénieuses) une manière de fixer le sabre à la selle, qui mérite réflexion. Le cavalier démonté n'a pas besoin de cette arme, et à cheval il est inutile qu'elle soit volante au point de pouvoir passer de l'autre côté de la croupe et de meurtrir la hanche du cheval et le coude de l'homme. D'ailleurs si la petite bellière vient à casser, l'autre est plutôt nuisible qu'utile, à cause de sa longueur et de la position du bracelet. Le sabre se renverse, tombe entre les jambes du cheval et sort du fourreau.

Le grand nombre de coups de *manchette* reçus dans la dernière guerre, ont fait songer aux gants dits *à la crispin*, pour toute la cavalerie. On a observé que ce serait un embarras de plus : qu'on ne sait où les placer par la pluie, (qui met les gants hors de service), etc. Cependant si on ne veut pas adopter le système du général de Brack : substituer un mouchoir roulé à la

---

inférieure qu'à la supérieure, afin que les intestins n'exercent pas de pression sur les anneaux cruraux et inguinaux lorsque par le relâchement du diaphragme et la pression simultanée des parois extérieures du bas-ventre, par les muscles abdominaux, ces mêmes intestins sont chassés vers les susdites ouvertures. — Docteur Franchi, gymnastique ou Kinésie, dans ses rapports avec la physiologie et l'hygiène. MANTOUE.

dragonne, on pourrait adapter des bourrelets ou des parements en cuir au bout des manches pour protéger les poignets du froid et des coups de sabre.

VIII. Harnachement

Un problème aussi important que difficile à résoudre (insoluble peut-être) est celui de la selle. Tout en cherchant cette solution si ardue, il faut autant que possible diminuer les inconvénients des modèles en usage.

La selle du modèle 1866 est à notre avis une des plus mauvaises ; parce qu'elle blesse les hommes et les chevaux, qu'elle est très-lourde, très-volumineuse et qu'elle a un mode d'insertion de sangles, qui les porte forcément contre les coudes. La selle anglaise de la dernière campagne nous a paru très-bonne comme modèle, tout en étant mauvaise comme exécution. Il paraît qu'on a aujourd'hui des conclusions contraires.

Nous n'osons pas proposer un retour à la selle Rochefort dans l'espérance qu'on pourra trouver quelque chose de meilleur.

Le système des tapis en feutre avec la couverture est d'une très-grande complication. On voit rarement une troupe trotter, sans que des hommes perdent l'un ou l'autre de ces deux objets.

Pour le reste du harnachement, ce que le bon sens et tout le monde demandent, c'est la simplicité et la légèreté. Le campement et les vivres ne seront probablement plus portés sur le cheval.

L'usage coûteux et dangereux des entraves, sera

probablement remplacé par l'attache au moyen de la longe du licol.

La schabraque sera abandonnée. On ne voit pas l'utilité de la croupière.

Un licol solide et une bride simple, sont ce qui convient le mieux pour la tête du cheval. En fait de mors les meilleures à notre avis sont les anciens, petits et à barres droites et courtes, avec une fausse gourmette. Les mors lourds d'aujourd'hui n'empêchent même pas les chevaux de saisir les barres malgré le col de cygne.

Nous négligerons les questions de paquetage parce que nous espérons que les effets seront réduits au strict nécessaire et qu'alors cette opération deviendra facile.

Nous ne parlerons pas non plus de ces ajustages qui absorbent tant de temps et font boucher tous les trous des contre-sanglons, parce que lorsqu'on considérera le cavalier comme un homme raisonnable et qu'on pourra faire faire à la cavalerie son véritable métier, on trouvera du temps un emploi plus utile.

IX. Chevaux.

L'étude du cheval de guerre qui n'entre pas dans le cadre de ce travail, présente certains points, aujourd'hui controversés, qu'il est utile de discuter un peu.

Achat. — Les chevaux sont achetés par le personnel des dépôts de remonte. Ce moyen, est un des meilleurs qu'on puisse employer. On a proposé de substituer aux comités actuels, des commissions régimentaires, afin d'économiser les frais des établissements de remonte, qui seraient alors supprimés. Cette mesure est condamnée par le raisonnement et par l'expérience. En effet, on comprend facilement, si on réfléchit à la difficulté de bien apprécier les chevaux, qu'une commission composée d'officiers opérant toujours dans le même pays, uniquement occupée de la question chevaline pendant toute l'année (1), aura plus de chance pour ne pas se tromper, qu'un jury d'officiers régimentaires, même en admettant que ces derniers aient la faculté innée de connaître les chevaux (2). Ce système a été du reste mis en pratique plusieurs fois et on peut citer tel régiment qui fut obligé de réformer presque tous les chevaux qu'il avait achetés l'année précédente.

L'achat par les marchands qui présentent des chevaux à des commissions simplement chargées de les recevoir (le prix étant fait d'avance) est employé dans d'autres armées ; mais au point de vue de l'élevage, il n'est pas aussi avantageux que celui des remontes.

TAILLE. — Quelques écrivains ont parlé tout récemment d'abaisser la taille des chevaux. Si on admet que le cheval de cavalerie porte une charge très-forte (qu'il n'est pas possible de diminuer au-delà de certaines limites) qu'il doit avoir de la vitesse (3) parcourir les

---

(1) Il ne faut pas moins pour arriver à un bon résultat. La connaissance du cheval est longue à acquérir ; il n'y a que ceux qui ne s'en sont pas occupés sérieusement qui puissent en douter.

(2) Aujourd'hui que les officiers sont désintéressés de leur monture, ils n'ont plus que des connaissances théoriques.

(3) Le colonel de Larclause a démontré dans sa conférence sur la cavalerie en 1869, et tout le monde a répété depuis : qu'il faut augmenter la vitesse de la cavalerie.

terrains accidentés et surtout qu'il doit entrer en lutte contre la cavalerie; on sera obligé d'arriver à la conclusion contraire. Que la taille soit avantageuse pour augmenter la vitesse et aider à franchir les obstacles, il est inutile de le démontrer. On doit aussi comprendre facilement le grand désavantage qu'ont les cavaliers montés sur de petits chevaux lorsqu'ils abordent des adversaires qui en ont de grands. Les derniers portent plus facilement leurs coups dans la mêlée, et culbutent les autres dans la charge. Il convient certainement d'utiliser autant que possible les productions du pays, mais il faut au moins ne pas descendre au-dessous d'une certaine limite, puisque tous les corps de cavalerie sont destinés désormais à faire le même service.

Age. — Quelques officiers ont souvent proposé de n'acheter que des chevaux adultes ayant été amenés à cinq ou six ans ou au-dessus par le commerce ou par les éleveurs, en augmentant les prix pour indemniser leurs possesseurs. Avant d'émettre notre idée, qu'il nous soit permis de combattre celle-ci.

Quel but se proposent les partisans de l'achat retardé? Evidemment d'économiser les dépenses de deux années, pendant lesquelles l'Etat nourrit des chevaux, qui rendent peu, ou point de services. Peut-on penser que ces dépenses, que l'on trouve trop lourdes pour le budget, seront faites par les éleveurs? Vous les indemniserez?... Mais comment pourront-ils garder ces chevaux-là en continuant à en élever d'autres ?... Et le personnel... et la place où les trouveront-ils ?... Ensuite qui vous dit qu'ils les nourriront à l'avoine ? On peut être sûr du contraire ; et alors on aura : des poulinières exténuées par les gestations nombreuses, ou des animaux nourris à l'herbe jusqu'à six ans, et qui seront toute leur vie des *rosses*. Mais dira-t-on : on fera travailler ces poulains et leur travail compensera leur nourriture. Il faut pour cela que les trois quarts des éleveurs les vendent; et alors on tombera dans le danger, qu'on redoute pour l'Etat : d'user prématurément l'animal, qui travaillera beaucoup et mangera mal, afin de rendre davantage. D'ailleurs, où trouvera-t-on les gens qui feront le métier de n'employer que des poulains pour les livrer à six ans? Il ne suffit pas qu'une idée paraisse séduisante, il faut aussi qu'elle soit pratique; et on n'a qu'à voir les difficultés qu'on rencontre, pour trouver des chevaux *faits* dans le commerce, même en les payant des prix exorbitants; pour se rendre compte des difficultés d'application de cette mesure.

L'élevage du cheval est difficile et peu rémunérateur; ceux qui se livrent à cette branche d'industrie, s'ils ne sont pas sûrs de vendre leurs produits à quatre ans, ne *feront* plus que des bœufs.

Notre manière de voir serait : que la remonte achetât des poulains de trois ans et cela dans l'intérêt des éleveurs et dans celui de l'armée. L'éleveur, débarrassé de son poulain un an plutôt, serait bien plus encouragé à fournir et à soigner ses élèves. L'Etat, aurait des chevaux nourris au grain depuis l'âge de trois ans; et rien ne peut remplacer l'effet de cette nourriture azotée, pendant le temps du développement du jeune sujet. L'animal y gagnerait en force et en taille et récompenserait l'Etat de ses avances. D'ailleurs, le dressage pourrait être fini un an ou au moins six mois plus tôt. Les dépôts de remonte pourraient garder les jeunes chevaux jusqu'à cinq ans : ils auraient le nombre de cavaliers nécessaires pour exercer ces animaux et leur donner la force et la franchise, qui sont les seules qualités à développer dans un poulain.

Enfin la question du cheval de guerre, comprend aussi celle des reproductions. En règle générale, il est évident que ce que l'Etat a de mieux à faire, c'est de ne pas intervenir dans les affaires des particuliers. En se conformant aux préceptes économiques, il verra l'équilibre s'établir de lui-même. A mesure qu'il augmentera la demande, l'offre s'élèvera dans des proportions équivalentes.

Mais on ne peut arriver que graduellement à cet état de liberté absolue. — Pour le moment : que l'intervention de l'Etat continue à se manifester, par l'entretien des dépôts d'étalons et par les primes accordées aux juments poulinières.

On a fait à l'institution des haras une foule de reproches plus ou moins mérités ; tels que celui d'avoir détruit certaines races très-regrettées, d'avoir voulu donner le même reproducteur pour tous les pays etc... Mais le plus grave de tous, est à notre avis : de trop souvent changer de manière de faire, car il vaut mieux persévérer dans une mesure moins parfaite, que de passer continuellement d'un système à l'autre, fussent-ils tous excellents.

Lorsqu'on abandonnera cette institution coûteuse, qui ne devrait avoir pour but que de faire le cheval de guerre, peut-être gardera-t-on quelques reproducteurs, qui seront entretenus à l'armée sans luxe ni dépenses. Le cheval de luxe, et spécialement celui de pur-sang, se passent parfaitement des établissements de l'Etat.

X. Chevaux d'Officiers

Nous voudrions discuter les deux questions suivantes :

1° Les officiers doivent-ils être montés aux frais de l'Etat ?

2° Doivent-ils avoir plusieurs chevaux ?

1° La France a adopté, depuis une trentaine d'années, le système de monter gratuitement les officiers subalternes. On leur avait d'abord accordé la propriété de leurs chevaux au bout de sept années de possession, et aujourd'hui on les a complétement désintéressés. Au risque d'avoir peu de monde de notre avis, nous allons émettre notre opinion sur ce sujet. Il est inutile de se demander pourquoi dans les autres cavaleries d'Europe, les chevaux sont la propriété des officiers : il vaut mieux chercher quels sont les avantages et les inconvénients du système français actuel. Le seul avantage (car il n'y a pas d'autre) est de ne pas faire dépenser d'argent à l'officier pour se monter et pour faire face à l'usure et aux pertes. Les inconvénients sont : que l'officier complétement désintéressé de sa monture, ne s'occupe ni de la choisir, ni de la dresser, ni de la soigner comme si elle lui appartenait. Qu'il ne peut jamais s'en servir aussi vigoureusement. Les chefs sous la surveillance desquels elle est placée, pour mettre leur responsabilité à couvert, ne lui permettent même pas (souvent) d'en faire un usage modéré. Qu'il ne prend pas autant le goût du cheval, qui est l'âme de la cavalerie. Qu'ayant des chevaux achetés par l'Etat, il n'acquiert pas les connaissances nécessaires pour les acheter. Rien n'est aussi bon maître que l'intérêt en pareille matière. Aujourd'hui l'officier n'a qu'à mettre, pour ainsi dire, *la main dans le sac*, le choix lui est presque indifférent, et si son cheval est indisponible, il a toujours une bonne bête de troupe pour le remplacer.

Nous sommes d'avis que les officiers devraient posséder et acheter leurs montures. La question d'argent pourrait être résolue facilement. Les spahis et les gendarmes sont propriétaires de leurs chevaux : pourquoi les officiers de cavalerie en le seraient-ils pas? On peut très-bien dans la solde tenir compte de l'usure et des pertes d'une manière équitable et protéger les intérêts de chacun.

Il faudrait, que les officiers prissent leurs montures dans le commerce, tout au plus dans les dépôts de remonte, jamais dans les régiments; les animaux destinés à monter les cavaliers, ne devraient, sous aucun prétexte, être détournés de cet usage. Les officiers apprendraient alors à connaître le cheval; car l'intérêt et l'amour-propre les obligeraient à acquérir le coup-d'œil et le savoir nécessaires. Ils pourraient user largement et abuser de leurs montures, et ils sauraient jusqu'à quel point on peut pousser un animal, et comment on le ménage pour un travail un peu dur; or ce n'est pas au cours qu'ils l'apprendront jamais. Et ces mille précautions, ces remèdes, ces observations que fait tout amateur de chevaux, tout individu, qui a été trompé, ou qui a réussi en prenant un animal d'une apparence médiocre ou vice-versà, ces moyens pour mettre un cheval en vigueur, après l'avoir surmené: toutes ces connaissances pratiques, qui ont leur utilité en campagne, lorsque l'officier doit être le premier vétérinaire de son peloton...croit-on qu'on les apprendra dans les livres ?

Ne craignez pas que l'amour de la propriété et l'économie portent les officiers à n'avoir que des rosses.

La responsabilité des chefs, et l'amour-propre du possesseur, seront d'assez puissants obstacles contre cet abus.

Ne craignez pas non plus que les officiers deviennent des maquignons. Certes, il n'y à aucun déshonneur à acheter bon marché et à vendre cher, mais si quelqu'un dépasse les limites de ce qui est compatible avec sa dignité, ne se met-il pas dans le cas de ceux qui commettent des fautes contre l'honneur ? L'extrême sévérité qui doit toujours régner en pareille matière en fait prompte justice.

Et si de la théorie, nous descendons à la pratique, nous voyons que dans les cavaleries voisines, les officiers montés à leurs frais, sont bien montés, se servent de leurs chevaux et les connaissent mieux que nous.

2° Il est évident que si on se borne à faire marcher la cavalerie sur une route au milieu ou à la queue de l'armée, la longue file des chevaux de main, est un grand inconvénient : aussi a-t-on proposé tout simplement de les supprimer.— Il nous semble que le remède serait pire que le mal. Si la cavalerie fait son véritable service, non en grandes masses, mais en couvrant le terrain le plus loin possible, si au lieu de confier aux meilleurs soldats les chevaux de main (chargés souvent outre-mesure) on attache à ce service des cavaliers de remonte légèrement équipés, menant des animaux en selle nue, prêts à les donner à leurs maîtres en cas de besoin ; on évitera l'inconvénient des *impedimenta* et celui de distraire des hommes du combat.

A-t-on réfléchi à l'utilité des chevaux en plus? S'est-on rendu compte de la raison pour laquelle le sous-lieutenant doit avoir deux chevaux, le capitaine trois, et ainsi de suite, jusqu'aux grades les plus élevés, auxquels on en prescrit un nombre, qui, à première vue, peut paraître exagéré ? Ce n'est pas sans une grande sagesse que ce luxe de montures, a été réglé. C'est pour indiquer à chacun son devoir et le mettre à même de l'accomplir. En arrivant d'une course, l'officier doit changer de cheval pour le service de sûreté, parcourir rapidement le terrain où sont échelonnés ses avant-postes, se transporter partout où sa présence peut être utile. Il doit veiller pendant que les hommes reposent, et marcher pendant qu'ils travaillent. Il importe qu'il retourne le soir où il a été le matin ; que, changeant d'escorte et de monture, il puisse continuer lui-même son inspection, donner ses ordres et ne pas prendre l'habitude de voir avec les yeux des autres, ce qu'il peut regarder avec les siens. Comment fera-t-il s'il n'a qu'un seul cheval ?... Et lorsque cet animal sera fatigué par une expédition, ira-t-il à pied, où démontera-t-il un homme, dont le cheval sera souvent au moins aussi las que le sien ?

Plus le grade est élevé, plus on a de monde sous ses ordres ; plus le besoin d'activité se manifeste. C'est une échelle ascendante, qui augmente proportionnellement la nécessité et le nombre des montures. Aussi est-il impossible de se représenter les chefs supérieurs autrement qu'à cheval, continuellement à cheval qu'ils se nomment Seydlitz, Turenne ou Frédéric ; qu'ils soient à la fleur de l'âge comme Napoléon, ou aux dernières limites de l'existence comme Radetzky.

XI. Exercices

Nous diviserons les exercices en deux classes : ceux des recrues et ceux des cavaliers instruits. 1° Les dépôts d'instruction doivent faire des cavaliers hardis, solides et adroits. Les règlements en vigueur quoiqu'ayant subi une modification très-heureuse et indispensable, laissent encore à désirer. Mais il faut espérer qu'on ne s'arrêtera pas à mi-chemin et qu'enfin nous nous lancerons résolûment dans cette voie de progrès dont l'Autriche a donné l'exemple sous l'impulsion du général Edelsheim ; 2° Les escadrons actifs doivent être mis par un travail progressif et continuel en état d'entrer en campagne au premier signal. Les devoirs de la cavalerie ont tellement grandi, ou, si on aime mieux, sont si bien déterminés à l'heure présente, qu'il faut que : débarrassée de toute entrave, elle puisse s'exercer tous les jours pour se mettre à leur hauteur. L'école du cavalier, le travail d'ensemble, les exercices de guerre, lui sont également nécessaires. Nous croyons qu'on peut, par le travail, arriver à des résultats que bien des officiers déclareraient aujourd'hui impossibles. Malheurensement les prétextes pour ne rien faire ne manquent jamais et il faut beaucoup d'énergie de la part de tout le monde, pour faire sortir l'arme de la routine qui l'écrase. L'équitation et l'usage des armes sont déjà assez difficiles pour qu'il soit nécessaire de beaucoup s'exercer, non-seulement pour se perfectionner, mais même pour ne pas désapprendre ce qu'on a su. — Il est inutile de critiquer ce que nous faisons aujourd'hui. Tout le monde sait qu'il faudrait ne pas laisser passer un jour sans que chaque cavalier montât son cheval et s'exerçât dans l'usage de ses armes... Tous les officiers devraient également sans préjudice pour leur travail intellectuel, monter chaque jour pour un exercice militaire.

Dans tout travail gymnastique il ne suffit pas de se croire habile ou de l'avoir été ; il faut se maintenir en exercice, surtout lorsqu'on veut être à même de prêcher d'exemple au besoin.

Le règlement sur le service en campagne va être refait en entier, aussi n'est-ce pas le cas d'en parler. Cependant il est utile de rappeler : l'importance immense qu'il faut donner à l'étude du terrain.

Les *raids* d'Amérique trop exaltés par les uns et injustement méprisés par les autres, sont un thème fécond en instructions et en développements pour la cavalerie d'Europe.

L'étude et la connaissance de tout ce qui est relatif à la question des chemins de fer, est également du plus grand intérêt pour cet arme.

On a souvent demandé la faculté de donner l'instruction sur le service des pièces et des mitrailleuses : en campagne l'occasion se présente fréquemment, dans laquelle les cavaliers peuvent la mettre en pratique s'ils sont familiarisés avec elle.

On a écrit dernièrement plusieurs pages sur une question, qui n'est pas nouvelle, c'est-à-dire sur le *service à pied de la cavalerie.*

Les beaux exemples donnés par les dragons du général Cornat et par ceux du colonel Dulac, sont invoqués cette fois; pour arriver à la conclusion, plus ou moins explicite : qu'il ne faut plus *avoir que de l'infanterie à cheval.* On est obligé de discuter cette thèse parce que les arguments bien présentés ont la propriété de convaincre les gens, qui ne connaissent pas la matière ; et que des mesures déplorables, en sont quelquefois le résultat. Ainsi voit-on souvent démolir en un instant ce qui demande plusieurs années pour être remis sur pied.

Le cavalier doit sans doute mettre pied à terre et se servir de son arme de précision. Les exemples cités font le plus grand honneur aux officiers qui ont commandé et aux hommes qui ont exécuté ces faits d'armes. Mais cela ne prouve pas que ces dragons ne pouvaient faire et n'ont fait que ce service-là. C'est un des nombreux moyens d'employer la cavalerie qu'un chef entreprenant saisit, aussi bien que le moment de charger. D'ailleurs, puisque vous citez ces exemples comme très-honorables et dignes d'éloges, pourquoi voulez-vous mettre à la place de ces bons cavaliers des hommes ne tenant pas à cheval ? Feront-ils mieux? Nous dirons même auraient-ils aussi bien fait s'ils n'avaient pas été bons cavaliers? L'occasion d'employer ainsi la cavalerie se présente rarement, et son véritable service est bien plus étendu et surtout bien plus difficile à apprendre. Il ne faut que quelques leçons et un peu de pratiqne pour qu'un homme apprenne le service à pied, tandis que pour en faire un bon, un véritable cavalier, le travail n'est jamais trop long.

Pour couvrir un terrain immense, savoir ce que fait

l'ennemi, s'opposer à sa cavalerie et se battre contre elle, apparaître inattendu, se montrer partout, faire des pointes au milieu de ses adversaires, surprendre, mettre en désordre une troupe flottante, prendre de flanc des cavaliers qui vous chargent, se rallier au milieu du combat, manœuvrer pendant la fougue de la bataille, passer par tous les terrains de jour et de nuit, ne reculer devant aucun devoir,..... il faut autre chose que *des fantassins à cheval.*

Au moment du besoin, la différence entre un bon cavalier et un cavalier médiocre est incalculable.

Que le cavalier sache donc mettre pied à terre et se remettre en selle avec ordre et célérité, mais qu'il sache encore mieux se servir de sa monture; qu'il ait en elle une confiance illimitée, qu'il soit déterminé avec elle à *tout oser*, comme dit Nimrod (1). Tout ce qui l'éloigne de ce but n'est qu'erreur et danger.

XII. Service intérieur

Nos observations sont de deux ordres différents : les unes s'appliquent au principe, et les autres aux détails pratiques.

PRINCIPE. — Le service dans l'armée française est basé sur le principe de la surveillance. Un homme est surveillé par un brigadier, qui est lui-même sous les yeux d'un sous-officier. Ce dernier est également sur-

(1) Lord Apperley.

veillé par l'officier, lequel est encore et toujours gardé à vue..... et ainsi de suite.

Les défauts de ce mode d'agir sont nombreux. Il diminue le prestige de l'autorité des grades, n'est pas fait pour relever les sentiments, demande un luxe de surveillants qui sacrifient ainsi un temps irréparablement perdu, détruit toute espèce d'initiative. S'il peut prévenir des fautes, il arrive souvent qu'au moment du besoin cette surveillance est en défaut, et les subalternes, livrés à eux-mêmes, se trouvent, comme des écoliers loin de la férule..... au moins embarrassés, hésitants. Inutile de citer des exemples ; tout le monde peut voir que cette manière d'agir est poussée à l'excès.

Le remède, le salut et la vérité sont dans l'adoption du principe opposé, le principe de la *responsabilité.* Il faut l'appliquer en grand et en commençant par l'échelon le plus bas. Le cavalier doit être responsable de lui-même, de sa conduite, de ses effets, de son cheval. Qu'on le considère comme un homme raisonnable, et on n'aura pas besoin de lui donner une vis qui manque à son éperon, ni de lui indiquer le moment où il doit cesser de faire usage de l'étrille pour prendre la brosse. Il s'accoutumera à faire lui-même son métier, et le jour où il sera abandonné à son propre mouvement, il trouvera en lui la connaissance de ses devoirs et l'habitude de les remplir. — Les détails du service confiés aux moindres gradés, ne perdront rien de leur importance et obligeront les responsables à les connaître à fond et à les bien faire exécuter.

La responsabilité du chef pour son peloton, du capitaine pour l'escadron, etc., facilitent le service, en supprimant par exemple la *semaine* d'aujourd'hui, qui établit plusieurs manières de servir et ôte toute autorité aux grades inférieurs. La conséquence de ce système est : que les repressions doivent être très-sévères et cela dans l'intérêt de tout le monde. Lorsque chacun est convaincu : que l'impunité est impossible, les fautes sont bien rares et la repression elle-même est d'autant plus juste, qu'elle punit le mauvais vouloir. Cette sévérité dans la discipline est la seule garantie de la régénération de l'esprit militaire.

En pratique, le service intérieur des cavaliers se compose principalement de soins de propreté. La propreté personnelle, qui est la plus nécessaire au point de vue du respect de soi-même, de l'hygiène, de la force; est négligé ou peut-être même rendue impossible par les conditions actuelles des casernements. De très-grandes améliorations sont projetées; nous devons faire des vœux pour qu'elles aboutissent à un résultat satisfaisant. La propreté des effets et des armes, poussée un peu loin dans certains corps, est critiquée à tort par beaucoup de monde. Les effets ne se conservent qu'à condition d'être bien tenus. Le cavalier ne peut pas être trop soigneux; ces habitudes d'ordre, qu'il garde toute sa vie, sont parmi les plus précieuses qualités qu'il acquiert au service. Faut-il rappeler que l'entretien journalier est plutôt une économie qu'une perte de temps, et qu'un peu de négligence suffit pour exiger ensuite des nettoyages autrement longs et difficiles si on veut que les effets ne soient pas perdus ?

La propreté est aussi une preuve et une garantie de discipline. Le travailleur est bon soldat, et l'insubordination commence toujours par le *débraillé*.

La propreté des habitations n'a rien de trop à l'intérieur; il n'en est pas de même de celle des cours. On a peine à croire le temps et le travail perdu au balayage des cours de cavalerie. On passe une partie de la journée à ces fameuses corvées qu'il suffirait de faire une fois par semaine et pour lesquelles il vaudrait encore mieux avoir un employé, militaire ou non, un gardien des cours, les tenant à peu près en ordre, car avec le mouvement continuel des chevaux, un sol simplement ratissé est préférable à une surface unie et luisante comme un parquet.

Propreté des chevaux. — On a souvent élevé la voix contre le temps employé à panser les chevaux. Nous croyons inutile de démontrer ici l'utilité du pansage reconnue et prouvée si souvent par tant d'auteurs depuis Xénophon jusqu'à Nimrod et à M. Vallon. Nous observons seulement que les hommes ayant deux chevaux à nettoyer et étant eux-mêmes peu adroits à cet exercice, qui est difficile (je m'en rapporte à tous ceux qui s'y connaissent) ont à peine le temps nécessaire pour soigner imparfaitement leurs bêtes. Il est évident pour nous, que le luxe de surveillance sera inutile le jour, où au lieu de se contenter de voir travailler les hommes, on leur demandera compte de leur travail et qu'ils seront comme on dit des ouvriers *à la tâche* au lieu d'être *à la journée*. Les officiers pourront étudier pendant que les hommes panseront leurs chevaux. Un officier de cavalerie est souvent obligé de passer la journée entière dans le quartier, ce qui l'oblige à une oisiveté de corps et d'esprit très-nuisible sous tous les rapports.

Les corvées, les promenades, les pansages, se feraient très-bien sous la responsabilité des sous-officiers. Ces derniers auraient plus d'autorité et les officiers plus de temps pour le travail. La responsabilité grandit l'homme, rien ne réveille les facultés, comme la difficulté à vaincre; rien ne les endort comme le travail sans initiative.

XIII. Service des Places

Dans un ouvrage récent sur le cours d'instruction pour l'infanterie, un auteur allemand, dont l'autorité ne manque pas de poids (1), se plaint dans ces termes de l'abus qu'on fait du service de garde :

« C'est un service lourd, compliqué, minutieux, qui « prend le temps à l'instruction, habitue à l'oisiveté, à « l'indolence, aux idées fausses, à une fausse dépen- « dance hiérarchique. Qu'on supprime tous ces postes « inutiles, toutes ces gardes aux forteresses, aux por- « tes, aux poudrières, (souvent sans poudres), aux « trésoreries, aux magasins. En cas de besoin, qu'on « préfère des gardes nocturnes. En fait de gardes « d'honneur, il suffit d'un double poste devant Sa « Majesté. Le congé est court, il n'y a pas de temps à « perdre.... »

L'auteur reproche aux Français d'étendre ce luxe jusqu'à fournir des factionnaires aux théâtres.

Il est difficile de ne pas admettre la justesse de ces

---

(1) B. G. Von der Lust, (Die Ausbildungs-Curse der Infanterie und ihre taktischen Formen Berlin. 1873).

observations. Le service de garde est souvent très-nuisible à la discipline. Citons un exemple des plus frappants. La garde nationale de Paris, malgré sa mauvaise composition ne serait pas arrivée à ce degré de perversion, qui l'a amenée aux résultats que tout le monde connaît, sans son service de garde aux remparts. Ce service n'était pas seulement ridicule, il encourageait la paresse, donnait de fausses idées et était la source de la débauche et de la diffusion des principes les plus funestes.

Si on reconnaît que ces idées sont justes pour l'infanterie, que devra-t-on dire pour la cavalerie?

Est-il raisonnable de faire perdre tant de fois vingt-quatre heures à des hommes qu'il serait indispensable de garder à leur service pour leur instruction, aussi bien que pour ce service lui-même, qui languit d'une manière aussi désespérante?

Que dire de ce luxe de rondes diurnes et nocturnes, qui obligent les officiers à perdre un temps, souvent bien long, qui, en tout cas, leur coupent la journée ou la nuit, sans leur apprendre absolument rien?

CONCLUSION

Pendant le cours de cette étude, nous nous étions donné pour règle de dire la vérité telle qu'elle nous apparaissait, tout en modifiant nos aspirations pour ne pas heurter des opinions respectables opposées aux nôtres.

Nous nous arrêtons, ne pouvant pas tout dire. Pour peu qu'on cherche, il ne sera pas difficile de voir davantage.

S'il nous était permis de résumer nos sentiments devant ceux qui, militaires ou non, peuvent avoir, même indirectement, de l'influence sur l'avenir de la cavalerie, nous leur dirions :

Prenez garde !

Ne vous laissez pas séduire par des raisonnements qui vous feront adopter de fausses mesures.

Ne vous reposez pas dans une tranquillité trompeuse.

Prenez garde !

Vous savez que la cavalerie est nécessaire à l'armée, mais si vous n'allumez pas son esprit, il s'éteindra.

Vous savez qu'il faut augmenter la vitesse des chevaux, et vous ne les nourrissez pas assez.

Vous savez qu'il faut beaucoup d'instruction, et vous avez des effectifs qui rendent tout travail illusoire.

Vous savez qu'il faut beaucoup d'exercices , et vous

nous enfermez dans des terrains de manœuvre où on ne peut même pas faire une marche directe ? (1)

Vous donnez aux officiers des chevaux de l'Etat, et cela les oblige à en user avec trop de modération.

Vous désintéressez les officiers sur le compte de leurs montures, et ils n'apprennent plus à connaître, ni à soigner les chevaux.

Vous vous plaignez du prix que coûtent les cavaliers et presque le quart de ces hommes est destiné à ne jamais combattre à cheval. — Le système de l'uniformité vous empêche de prendre les mesures qui conviennent à la cavalerie dont les besoins sont *tout à fait spéciaux*, et cela produit le découragement, le dégoût et contribue à faire fondre les cadres.

Prenez garde !

Le cheval va passer à l'état de machine inanimée. Une indifférence très-dangereuse se manifeste déjà à son égard.

Les uns trouvent le pansage trop long.

D'autres veulent qu'on supprime l'étrille et la brosse.

Nous avons entendu demander la suppression du travail pour engraisser les chevaux.

Plusieurs attribuent une importance trop grande aux armes à feu en méconnaissant la supériorité de l'arme blanche.

---

(1) Il y a des garnisons en France où le séjour de la cavalerie est une anomalie. — A Valenciennes, par exemple, le terrain d'exercices est d'une exiguité ridicule et hors de là, rien que culture et pavé. — Il y a bien une belle forêt non loin de la ville, mais les tenanciers ne permettent même pas aux officiers de passer isolément dans les chemins, sous prétexte qu'ils abîment les fossés ! ! !

On a supprimé la lance.

Un officier de cavalerie a demandé qu'on supprimât le sabre (1).

Enfin, on a cherché à prouver qu'il ne fallait plus que de l'infanterie à cheval.

Prenez garde ! Car :

Malgré le bon vouloir général.

Malgré l'intelligence et le savoir de beaucoup de chefs,

Malgré les éléments remarquables que possède encore la cavalerie française ,

Malgré l'exemple de dévouement à la discipline qu'elle a donné au milieu des malheurs de la dernière guerre,

Malgré la bonté des chevaux et l'entrain naturel des hommes,

Notre cavalerie est loin d'être à la hauteur de sa mission.....

Lorsque tout le monde travail,

Que toutes les nations de l'Europe ont changé leur armement,

Que toutes les armes se perfectionnent,

Que les cavaleries voisines se transforment et progressent,

On peut dire plus que jamais : *Ne pas marcher, c'est reculer.*

FIN

(1) M. Comte : le Uhlan et le Raid.

www.ingramcontent.com/pod-product-compliance
Ingram Content Group UK Ltd.
Pitfield, Milton Keynes, MK11 3LW, UK
UKHW031959260826
14628UKWH00005B/2154

9 782329 594811